D0563513

LE DÉSERT DE L'AMOUR

FRANÇOIS MAURIAC

DE L'ACADÉMIE FRANÇAISE

Le Désert
de l'amour

GRASSET

I

PENDANT des années, Raymond Courrèges avait nourri l'espoir de retrouver sur sa route cette Maria Cross dont il souhaitait ardemment de tirer vengeance. Bien des fois il suivit dans la rue une passante, ayant cru que c'était elle qu'il cherchait. Puis, le temps avait si bien assoupi sa rancune que, lorsque son destin le remit en face de cette femme, il n'éprouva point d'abord la joie mêlée de fureur qu'une telle rencontre aurait dû susciter en lui. A son entrée, ce soir-là, dans un bar de la rue Duphot, il n'était que dix heures et le mulâtre du jazz chantonnait pour le plaisir d'un seul maître d'hôtel attentif. Dans la boîte étroite où, vers minuit, piétinaient les couples, ronflait, comme une grosse mouche, un ventilateur. Au portier qui s'étonnait : « On n'est pas habitué à voir Monsieur de si bonne heure... », Raymond n'avait donné d'autre réponse qu'un signe de la main pour qu'il inter-

rompît ce bourdonnement. Le portier confidentiel voulut en vain le persuader que « ce nouveau système sans faire de vent absorbait la
fumée », Courrèges l'avait considéré d'un tel air
que l'homme battit en retraite vers le vestiaire;
mais au plafond le ventilateur se tut comme un
bourdon se pose.

Le jeune homme, alors, ayant brisé la ligne
immaculée des nappes, et reconnu dans les
glaces sa tête des pires jours, s'était interrogé
« Qu'est-ce qui ne va pas? » Parbleu, il détestait
les soirées perdues et celle-ci le serait à cause de
cet animal d'Eddy H... Il avait fallu presque
forcer ce garçon, le prendre au gîte pour l'amener au cabaret. Pendant le repas, Eddy s'était
excusé, sur une migraine, de son inattention,
à peine assis au bord de sa chaise, le corps impatient, déjà tout occupé de quelque plaisir futur
et proche; le café bu, il avait fui, allègre, l'œil
vif, l'oreille rouge, les narines ouvertes. Tout le
jour, Raymond s'était fait une image charmante
de cette soirée et de cette nuit; mais à Eddy des
joies sans doute s'étaient offertes, plus rafraî-
chissantes qu'aucune confidence.

Courrèges s'étonna de n'être pas seulement
déçu et humilié, mais triste. Il était choqué de
ce que le moindre camarade lui devenait précieux; cela paraissait assez nouveau dans sa vie :

jusqu'à trente ans, incapable de ce désintéres-
sement que la camaraderie exige, d'ailleurs fort
occupé des femmes, il avait méprisé tout ce qui
ne lui semblait pas objet de possession et, enfant
goulu, il aurait pu dire : « Je n'aime que ce
qui se dévore. » Dans ce temps-là, il n'usait de
ses camarades que comme de témoins ou de
confidents : un ami lui était d'abord une paire
d'oreilles. Il aimait aussi se prouver à soi-même
qu'il les dominait, les dirigeait; il avait la passion de l'influence et se flattait de démoraliser
avec méthode.

Raymond Courrèges aurait su se faire une
clientèle comme son grand-père le chirurgien,
comme son grand-oncle jésuite, comme son père
le docteur, s'il avait été capable d'asservir à une
carrière ses appétits, et si son goût ne l'avait détourné toujours de rien poursuivre qu'une satisfaction immédiate. Pourtant il touchait à l'âge
où, seuls, ceux qui s'adressent à l'âme peuvent
asseoir leur domination : Courrèges, lui, ne savait qu'assurer à ses disciples le meilleur rende-
ment de plaisir. Mais les plus jeunes souhaitent
des complices de leur génération, et sa clientèle
s'appauvrissait. En amour, le gibier longtemps
pullule, mais la petite troupe de ceux qui ont
commencé avec nous de vivre, se réduit chaque
année. Les survivants aux coupes sombres de la

guerre, qu'ils fussent enlisés dans le mariage, ou
déformés par le métier, Courrèges, leur voyant
le poil grison, cette bedaine, ce crâne, les haïssait d'avoir son âge; il les accusait d'être les
assassins de leur jeunesse et, avant qu'elle les
renonçât, de la trahir.

Lui, il mettait son orgueil à compter parmi
les garçons d'après-guerre; — et, ce soir, dans
le bar vide encore où ne bourdonne qu'une man-
doline assourdie (la flamme de la mélodie meurt,
renaît, vacille), il regarde ardemment, reflété
par les glaces, son visage sous des cheveux drus
— ce visage que la trente-cinquième année
épargne encore. Il songea que le vieillissement,
avant de toucher son corps, touchait sa vie. Si
c'était son orgueil d'entendre les femmes s'interroger : « Quel est ce grand jeune homme? »
il savait que les garçons de vingt ans, plus pers-
picaces, ne le comptaient plus parmi les enfants
de leur race éphémère. Cet Eddy, peut-être
avait-il eu mieux à faire que de parler de soi
jusqu'à l'aube dans le vacarme du saxophone; —
mais peut-être aussi ne fait-il autre chose à cette
heure, dans un autre bar, que d'expliquer son
cœur à un garçon né en 1904 et qui sans cesse
l'interrompt de « moi aussi » et de « c'est
comme moi »...

Des jeunes gens survinrent qui avaient pré

paré, pour traverser la salle, un air de suffisance et de hauteur dont ils furent embarrassés, voyant cette solitude. Autour du barman, ils s'agglutinèrent. Cependant Courrèges n'acceptait jamais de souffrir à cause d'un autre, maîtresse ou camarade. Il s'exerça donc, selon sa méthode, à voir le défaut de proportion entre l'insignifiance d'Eddy H... et le trouble où le laissait un tel abandon. Il eut du plaisir à n'éprouver la résistance d'aucune racine, quand il essaya d'enlever en lui cette herbe de sentiment. Il s'enhardit jusqu'à concevoir qu'il pourrait demain mettre à la porte ce garçon et, sans frémir, envisagea de ne le plus revoir jamais. Ce fut même avec allégresse qu'il se dit : « Je vais le balayer... » Il soupira d'aise; puis s'aperçut qu'une gêne subsistait en lui, dont Eddy n'était pas le principe. Ah! oui, c'était cette lettre qu'il toucha dans une poche du smoking... Inutile de la relire : le docteur Courrèges n'usait avec son fils que d'un langage elliptique, facile à retenir :

Suis descendu au Grand-Hôtel pour la durée du Congrès de Médecine. A ta disposition, matin avant neuf heures; soir après onze heures. Ton père,

PAUL COURRÈGES.

Raymond murmura : « Plus souvent... », prit à son insu un air de défi. Il en voulait à ce père de ce qu'il ne lui était pas aussi facile de le mépriser que le reste de la famille. A trente ans, Raymond avait en vain réclamé la dot qu'avait reçue sa sœur mariée. Sur le refus de ses parents, il avait coupé les ponts; mais la fortune appartenait à Mme Courrèges; Raymond savait bien que son père se fût montré généreux s'il en avait eu le droit, et que l'argent ne lui était rien. Il répéta : « Plus souvent... » mais ne put se défendre de percevoir un appel dans ce message sec. Il n'était point si aveugle que Mme Courrèges, qu'irritaient la froideur et la brusquerie de son mari et qui avait coutume de répéter : « Qu'est-ce que ça me fait qu'il soit bon, si je ne m'en aperçois pas? Jugez un peu ce que ce serait, s'il était méchant. »

Raymond est gêné par l'appel de ce père trop difficile à haïr. Non, certes, il ne lui répondra pas; mais tout de même... Plus tard, lorsque Raymond Courrèges se remémora les circonstances de cette nuit, il se souvint de l'amertume dont il avait souffert à son entrée dans le petit bar vide, mais il en oublia les causes, qui étaient la défection d'un camarade appelé Eddy, et la présence à Paris de son père; il crut que cette humeur âcre était née d'un pressentiment et

qu'un lien existait entre l'état de son cœur, ce
soir-là, et l'événement qui approchait de sa vie.
Il a toujours soutenu, depuis, que le seul Eddy,
ni le docteur Courrèges, n'auraient eu le pouvoir de l'entretenir dans une telle angoisse, mais
qu'à peine assis devant un cocktail, son esprit et
sa chair, d'instinct, avaient senti l'approche de
celle qui, à la même minute, dans un taxi déjà
au coin de la rue Duphot, fouillait son petit sac
et disait à son compagnon :

« C'est ennuyeux, j'ai oublié mon rouge. »

Et l'homme répondait :

« Il doit y en avoir au lavabo.

— Quelle horreur! pour attraper...

— Gladys te prêtera le sien. »

*

Cette femme entra : un chapeau cloche supprimait le haut du visage et ne laissait voir que
le menton où le temps inscrit l'âge des femmes.
La quarantième année avait touché de-ci, de-là
ce bas de figure, tiré la peau, amorcé un fanon.
Sous les fourrures, le corps devait être ramassé.
Aveugle comme au sortir du toril, elle s'arrêta
au seuil du bar étincelant. Lorsque la rejoignit
son compagnon, qu'une dispute avec le chauffeur avait retenu, Courrèges, sans le recon-

naître d'abord, se dit : « J'ai vu quelque part cette tête-là...; c'est une tête de Bordeaux. » Et soudain un nom lui vint aux lèvres, tandis qu'il observait cette face cinquantenaire, comme élargie par la satisfaction d'être soi : Victor Larousselle... Le cœur battant, Raymond examina de nouveau la femme qui, ayant vu qu'elle était la seule avec un chapeau, l'enleva soudain et secoua, face au miroir, ses cheveux frais coupés. Des yeux apparurent, grands et calmes, puis un front large, mais délimité strictement par les sept pointes jeunes d'une chevelure sombre. Dans le haut de ce visage, s'était concentré tout ce que cette femme recelait de jeunesse survivante. Raymond la reconnut, malgré les cheveux retranchés, le corps épaissi, et cette destruction lente, partie du cou et qui montait vers la bouche et les joues. Il la reconnut comme il aurait fait une route de son enfance, même si les chênes qui l'ombrageaient en avaient été abattus. Courrèges supputait le nombre des années et, après deux secondes, se disait : « Elle a quarante-quatre ans; j'en avais dix-huit et elle vingt-sept. » Comme tous ceux qui confondent bonheur et jeunesse, il avait une conscience sourde, mais toujours en éveil, du temps écoulé; son œil ne cessait de mesurer le gouffre du temps mort; chaque être qui avait

tenu un rôle dans sa destinée, il avait tôt fait
de l'insérer à sa place et, voyant le visage, se
souvenait du millésime.

« Me reconnaîtra-t-elle? » Mais se fût-elle si
brusquement détournée si elle ne l'avait reconnu? Rapprochée de son compagnon, elle
devait le supplier de ne point demeurer ici, car
il répondit à voix très haute, sur le ton d'un
homme qui aime que la galerie l'admire :
« Mais non, ce n'est pas triste : dans un quart
d'heure, ce sera plein comme un œuf. » Il
poussa une table, non loin de celle où était
accoudé Raymond, s'assit lourdement, et il y
avait sur sa face où le sang affluait, outre tous
les signes de la sclérose, une satisfaction sans
ombre. Mais comme la femme demeurait debout, immobile, il l'interpella : « Eh bien,
qu'est-ce que tu attends? » Plus de satisfaction,
soudain, dans ses yeux ni sur ses lèvres grosses
et quasi violettes. Croyant parler à voix basse, il
ajouta : « Naturellement, il suffit que ça
m'amuse d'être ici pour que tu fasses la tête... »
Sans doute lui disait-elle : « Fais attention, on
nous écoute », car il cria presque : « Je sais me
tenir, peut-être! et quand même on nous entendrait! »

Assise non loin de Raymond, la femme s'était
rassurée : il aurait fallu que le jeune homme

se penchât pour la voir et il dépendait d'elle de
fuir son regard. Courrèges devina cette sécurité,
comprit soudain, avec quelle terreur! que cette
occasion, désirée par lui depuis dix-sept ans, pouvait être perdue. Après dix-sept ans, il croyait
retrouver intact le vœu d'humilier cette femme
qui l'avait humilié, de lui montrer quelle espèce
d'homme il était : de ceux qui n'acceptent pas
qu'une femelle les roule. Pendant des années, il
s'était complu à imaginer les circonstances qui
les mettraient face à face et quelle serait alors sa
ruse pour asservir, faire pleurer celle devant
qui, autrefois, il avait été si pitoyable... Certes,
s'il avait reconnu, ce soir, au lieu de cette
femme, tout autre comparse de sa vie lorsqu'il
était un collégien de dix-huit ans : le camarade
qu'il préférait à cette époque ou le pion dont il
avait horreur, sans doute, à leur vue, n'eût-il
découvert en lui aucune trace de cette préfé-
rence ni de cette haine qu'avait ressenties l'enfant qu'il n'était plus. Mais, pour cette femme
ne se retrouvait-il pas tel que ce jeudi de
juin 19.., au crépuscule, sur cette route de banlieue poussiéreuse et qui sentait le lis, devant
un portail dont la cloche pour lui ne sonnerait
jamais plus? Maria! Maria Cross! De l'adolescent hérissé, honteux, qu'il était encore, elle
avait fait un homme nouveau qu'il devait être à

tout jamais. Mais elle, cette Maria Cross, qu'elle avait peu changé! Toujours ces yeux qui interrogent, ce front plein de lumière. Courrèges se disait que son camarade préféré de 19.. eût été, ce soir, un homme lourd, déjà chauve, avec une barbe : mais le visage de certaines femmes jusque dans la maturité demeure baigné d'enfance; c'est peut-être leur enfance éternelle qui fixe notre amour et le délivre du temps. Elle était là, toute pareille, après dix-sept années de passions inconnues, comme ces vierges noires dont aucune flamme de la Réforme ni de la Terreur ne put altérer le sourire. Ce même homme important l'entretenait encore, dont l'impatience et l'humeur se manifestaient avec bruit parce que les gens qu'il attendait n'arrivaient pas :

« C'est Gladys qui l'aura encore mis en retard... Moi qui suis toujours exact, j'ai horreur des gens qui ne le sont pas. Moi, c'est curieux, je ne peux pas supporter de faire attendre, c'est plus fort que moi. Les gens sont maintenant d'une grossièreté... »

Maria Cross lui toucha l'épaule et dut répéter : « On nous écoute... », car il gronda qu'il ne disait rien qu'on ne pût entendre et qu'il était incroyable que ce fût elle qui prétendît lui apprendre à vivre.

Sa seule présence livrait Courrèges sans défense à ce qui n'était plus. S'il avait toujours
gardé une conscience claire du temps écoulé, il
détestait d'en éveiller des images précises et ne
redoutait rien autant que les émeutes de spec-
tres; mais rien à faire, ce soir, contre ce torrent
de visages déchaîné en lui par la présence de
Maria : il entendait sonner six heures et les
pupitres de l'étude claquaient; il n'avait pas
même assez plu pour que la poussière fût rabat-
tue, le tramway n'était pas assez éclairé pour
qu'il pût achever de lire *Aphrodite*, — tramway
plein d'ouvriers à qui la fatigue du jour donnait une expression de douceur.

II

ENTRE le collège où, chassé de la classe, il était l'enfant sale, errant dans le couloir, collé contre un mur, et la maison de famille en banlieue, s'étendait cet intervalle de temps qui le délivrait, ce long voyage du retour en tramway où il était seul enfin parmi des êtres indifférents, sans regard — l'hiver surtout, parce que la nuit, à peine déchirée de loin en loin par un réverbère ou par les vitres d'un bar, le séparait du monde, l'isolait dans l'odeur de laine mouillée des vêtements de travail; une cigarette éteinte restait collée aux lèvres tombantes; le sommeil renversait des faces aux rides charbonnées, un journal glissait des mains lourdes; cette femme en cheveux levait vers les lampes le feuilleton et sa bouche remuait comme pour une prière. Mais enfin, peu après l'église de Talence, il fallait descendre.

Le tramway, feu de bengale mouvant, éclairait une seconde les ifs et les charmilles nues d'une propriété, puis l'enfant écoutait décroître le vacarme des roues et du trolley, sur la route pleine de flaques, qui sentait le bois pourri, les feuilles. Il suivait alors le petit chemin qui longe le jardin des Courrèges, poussait le portail entrebâillé des communs; la lampe de la salle à manger éclairait ce massif contre la maison où, au printemps, on plantait les fuchsias qui aiment l'ombre. Déjà Raymond avait le front durci, comme au collège, les sourcils rapprochés au point de n'être plus qu'une seule ligne touffue au-dessus des yeux, le coin droit de la bouche un peu tombant; il entrait au salon, jetait un bonsoir collectif à des personnes serrées autour d'une lampe parcimonieuse. Sa mère lui demandait combien de fois il faudrait lui dire de racler ses semelles au décrottoir et s'il comptait aller à table « avec ces mains ». Mme Courrèges mère glissait à mi-voix à sa bru : « Vous savez ce que dit Paul, qu'il ne faut pas énerver inutilement le petit. » Ainsi, dès son apparition, naissaient à son propos d'aigres paroles.

Il s'asseyait dans l'ombre. Penchée sur sa broderie, Madeleine Basque, sa sœur, à l'entrée de Raymond, n'avait pas même levé la tête. Il l'intéressait moins, songeait-il, que le chien. Ray

mond, c'était « la plaie de la famille », elle
répétait volontiers que « ça ferait un joli coco »;
et son mari, Gaston Basque, ajoutait : « Surtout
avec un père si faible. »

La brodeuse relevait la tête, demeurait une
seconde aux écoutes, disait : « Voilà Gaston... »,
posait son ouvrage. « Je n'entends rien », répondait Mme Courrèges. « Si, si, le voilà », et bien
qu'aucun bruit ne fût perceptible à toute autre
oreille qu'à la sienne, Madeleine se levait, courait sur le perron, disparaissait dans le jardin,
guidée par une connaissance infaillible, comme
si elle eût appartenu à une espèce différente des
autres animaux, où le mâle et non la femelle
eût été odorant pour attirer la complice à travers l'ombre. Bientôt les Courrèges entendaient
une voix d'homme, le rire complaisant et sou-
mis de Madeleine, ils savaient que le couple ne
traverserait pas le salon, mais monterait, par
une porte dérobée, à l'étage des chambres et ne
descendrait qu'au second coup de cloche.

Sous la suspension, la table réunissait
Mme Courrèges mère, sa bru Lucie Courrèges,
le jeune ménage et quatre petites filles un peu
roussottes comme Gaston Basque; mêmes robes,
mêmes cheveux, mêmes taches de son, elles
étaient serrées telles que des oiseaux apprivoisés
sur un bâton : « Et qu'on ne leur adresse pas

la parole, décrétait le lieutenant Basque. Si on
leur adresse la parole, c'est elles qui seront
punies; que tout le monde se tienne pour
averti. »

La place du docteur demeurait vide longtemps, même s'il se trouvait à la maison; il
entrait au milieu du repas, avec un paquet de
revues. Sa femme lui demandait s'il avait entendu sonner, déclarait qu'avec un service si
décousu, il n'y avait pas moyen de garder un
domestique. Le docteur remuait la tête comme
pour chasser une mouche, ouvrait une revue.
Ce n'était point affectation, mais économie de
temps chez un homme surmené, l'esprit assiégé
de sollicitudes et qui sait le prix d'une minute.
Au bout de la table, les Basque s'isolaient, indifférents à ce qui ne les touchait pas, eux ou
leurs petits; Gaston racontait à mi-voix ses démarches pour ne pas quitter Bordeaux : le colo-
nel avait écrit au Ministère... Sa femme l'écoutait, sans perdre les enfants de l'œil et sans
s'interrompre de les éduquer : « N'essuie pas
ton assiette. — Tu ne sais pas te servir de ton
couteau? — Ne te vautre pas comme ça. — Les
mains sur la table — les mains, pas les coudes...
— Tu n'auras pas d'autre pain, je t'avertis. —
Tu as assez bu comme ça... »

Les Basque formaient un îlot de méfiance et

de secret. « Ils ne me disent rien. » Tous les
griefs que Mme Courrèges nourrissait contre sa
fille tenaient dans ce « ils ne me disent rien ».
Elle soupçonnait Madeleine d'être enceinte, sur-
veillait sa taille, interprétait ses malaises. Les
domestiques étaient toujours avertis avant elle.
Elle croyait que Gaston avait une assurance sur
la vie, mais de combien? Elle ignorait ce qu'ils
avaient touché exactement à la mort du père
Basque.

Au salon, après le dîner, Raymond ne répondait pas à la mère qui grondait : « Alors, tu
n'as pas de leçons à apprendre? pas de composi-
tion à préparer? » Il prenait l'une des petites
filles, semblait la pétrir de ses fortes mains, l'éle-
vait droite au-dessus de sa tête pour qu'elle pût
toucher le plafond, faisait des moulinets avec ce
corps flexible tandis que Madeleine Basque,
poule hérissée et inquiète, mais que l'exultation
de la petite désarmait, criait : « Attention! tu
vas l'estropier... Il est si brutal... » La grand-
mère Courrèges posait alors son tricot, relevait
ses besicles, un sourire plissait sa figure, elle
recueillait, passionnément, ce témoignage en
faveur de Raymond : « Par exemple, il adore
les enfants, on ne peut pas lui refuser ça : il
n'y a que les petits qui trouvent grâce devant
lui. » Et la vieille soutenait qu'il ne les eût pas

aimés s'il n'eût été bon : « Il n'y a qu'à le voir
avec ses nièces pour être sûr que ce n'est pas un
mauvais drôle. »

Aimait-il les enfants? Il prenait n'importe quoi
de frais, de tiède et de vivant, comme une défense contre ceux qu'il appelait les cadavres.
Raymond jetait sur le canapé le petit corps,
gagnait la porte, courait à longues foulées dans
les allées pleines de feuilles; le ciel plus clair
entre les branches nues guidait sa course. Au
premier étage brûlait, derrière une vitre, la
lampe du docteur Courrèges. Raymond irait-il
se coucher, ce soir encore, sans embrasser son
père? Ah! c'était assez, le matin, de ces trois
quarts d'heure d'un silence hostile : car, dès
l'aube, le coupé du docteur emportait le père et
le fils. Raymond descendait à la barrière de
Saint-Genès et, par les boulevards, gagnait son
collège, tandis que le docteur poursuivait sa
route vers l'hôpital. Trois quarts d'heure dans
cette boîte puant le vieux cuir, entre deux
vitres ruisselantes, ils demeuraient côte à côte.
Le clinicien, qui, quelques instants plus tard,
parlerait d'abondance, avec autorité, à son service et aux étudiants, depuis des mois cherchait
en vain le mot qui atteindrait cet être sorti de
lui. Comment se frayer une route jusqu'à ce
cœur hérissé de défenses? Quand il se flattait

d'avoir trouvé le joint et qu'il adressait à Raymond des paroles longtemps méditées. il ne les reconnaissait pas, et sa voix même le trahissait — malgré lui, ricanante et sèche. Toujours ce fut son martyre de ne rien pouvoir exprimer de ses sentiments.

Cette bonté du docteur Courrèges n'était célèbre que parce que ses actes en témoignaient; seuls ils rendaient témoignage à cette bonté enfouie en lui, à cette enterrée vivante. Impossible d'obtenir qu'il acceptât sans bougonner ni remuer les épaules, une parole de gratitude. Cahoté auprès de son fils durant ces aubes pluvieuses, que de fois interrogea-t-il ce visage qui se dérobait! Et malgré soi, le clinicien interprétait des signes sur cette figure de mauvais ange — cette fausse douceur des yeux trop cernés. « Le pauvre enfant me croit son ennemi, songeait le père, c'est ma faute et non la sienne. » Il comptait sans cette prescience des adolescents pour connaître qui les aime. Raymond entendait cet appel, et ne confondait pas son père avec les autres, mais il faisait la sourde oreille; d'ailleurs, lui-même n'aurait su que dire à ce père intimidé, car il intimidait cet homme, et c'était cela aussi qui le rendait de glace.

Pourtant il arrivait que le docteur ne pût éviter de lui faire une remontrance; mais tou-

jours le plus doucement possible, et s'efforçant
de traiter Raymond en camarade :

« Le directeur m'a encore écrit à ton sujet.
Ce pauvre abbé Farge, tu le rendras fou! Tout
prouve, paraît-il, que c'est toi qui as fait circuler
en étude ce traité d'obstétrique... tu l'aurais
chipé dans ma bibliothèque; l'indignation de
l'abbé Farge me paraît, je l'avoue, exagérée :
vous êtes d'âge à connaître la vie et, après tout,
mieux vaut avoir recours aux ouvrages sérieux...
J'ai écrit dans ce sens au directeur... Mais on a
trouvé aussi, dans la caisse à papiers de l'étude,
un numéro de *La Gaudriole,* et naturellement
on te soupçonne; tu es chargé de tous les péchés
d'Israël... Fais attention, mon petit, ils finiront
par te mettre à la porte, à six mois des exa-
mens...

— Non.

— Pourquoi non?

— Parce que, comme je redouble, j'ai beaucoup de chances pour n'être pas recalé cette
fois-ci. Je les connais! Si tu crois qu'ils se pri-
veraient d'un seul des types qui ait des chances
d'être reçu! Sache bien que s'ils me fichaient à
la porte, les jésuites me happeraient. Ils pré-
fèrent que je contamine les autres, comme ils
disent, plutôt que de perdre un bachelier pour
leur statistique. Tu sais, la gueule triomphante

de Farge, le jour des prix : trente candidats pré-
sentés, vingt-trois reçus et deux admissibles!
Tonnerre d'applaudissements!... Quels salauds!

— Mais non, mon petit... »

Le docteur appuyait sur « mon petit ». Voici
la minute, peut-être, de se glisser dans ce cœur
refusé. Depuis longtemps le fils n'avait consenti
à quoi que ce fût qui parût être de l'abandon.
A travers ces paroles cyniques, fusait une
lueur de confiance. De quels mots se servir, et
qui ne froisseraient pas l'enfant, pour le persuader qu'il existe des hommes sans calculs ni ruses,
que les plus habiles souvent sont les Machiavels
d'une cause sublime, et que c'est en voulant
notre bien qu'ils nous blessent... Le docteur
cherchait la meilleure formule, et déjà la route
de banlieue était devenue la rue d'un matin
clair et triste que les laitiers encombraient de
leurs carrioles. Encore quelques minutes, et ce
serait l'octroi, cette Croix de Saint-Genès qu'ado-
rèrent en passant les pèlerins de Saint-Jacques
de Compostelle et où ne s'appuyaient plus que
les contrôleurs des omnibus. Ne trouvant pas de
mots, il prit cette main chaude dans la sienne,
répéta à mi-voix : « Mon petit... », vit alors que
Raymond, la tête appuyée contre la vitre, dormait, ou plutôt feignait de dormir. L'adolescent
avait fermé les yeux qui peut-être eussent trahi

malgré lui une faiblesse, le désir de plier, —
visage strictement hermétique, osseux, comme
taillé dans le silex, où plus rien de sensible ne
subsistait que la double meurtrissure des paupières... Insensiblement, l'enfant a délivré sa
main.

*

Fut-ce avant cette scène dans la voiture, ou
plus tard, que cette femme, qui est là, sur cette
banquette, séparée de lui par une seule table et
dont il pourrait se faire entendre sans élever la
voix, entra dans sa vie? Elle semble apaisée
maintenant et boit sans plus redouter que Raymond la reconnaisse. Par instants elle tourne
les yeux vers lui, mais les détourne aussitôt. Sa
voix, qu'il reconnut, domina soudain le vacarme : « Voilà Gladys. » Un couple, à peine
entré, s'installa entre elle et son compagnon et
ils parlèrent tous à la fois : « Nous n'en finis-
sions pas d'avoir notre vestiaire... — C'est toujours nous qui arrivons les premiers... — Enfin,
puisque vous voilà, c'est l'essentiel. »

Non, ce devait être plus d'une année avant
cette scène entre son père et Raymond, dans la
voiture, qu'un soir à table (ce devait être à
la fin du printemps — la lampe de la salle à

manger n'était pas allumée), Mme Courrèges
mère avait dit à sa bru : « Lucie, je sais pour
qui sont les tentures blanches que vous avez
vues à l'église. »

Raymond avait cru que naissait l'une de ces
conversations sans fin dont les multiples phrases
insignifiantes venaient mourir autour du docteur. C'était le plus souvent des discussions mé-
nagères; chacune défendait ses domestiques :
Iliade misérable où les querelles de l'office dé-
chaînaient les unes contre les autres, dans
l'Olympe de la salle à manger, les déesses pro-
tectrices. Souvent aussi, les ménages se dispu-
taient une ouvrière à la journée : « J'ai retenu
Travaillote pour la semaine prochaine », disait
par exemple Mme Courrèges à Madeleine
Basque. La jeune femme protestait qu'il y avait
tout le linge des enfants à raccommoder.

« C'est toujours toi qui prends Travaillote.

— Eh bien, fais venir Maria-au-nez-cassé.

— Maria-au-nez-cassé travaille beaucoup plus
lentement, et puis elle me fait payer son
tramway. »

Mais, ce soir-là, cette réflexion touchant les
tentures blanches de l'église suscita une plus
grave dispute. Mme Courrèges mère avait
ajouté :

« C'est pour le petit garçon de Maria Cross :

il est mort d'une méningite. Il paraît qu'elle a demandé une première classe.

— Quel manque de tact! »

A cette exclamation de sa femme, le docteur, qui lisait une revue en mangeant sa soupe, avait levé les yeux. Comme elle faisait toujours, l'épouse alors baissa les siens, mais prit le ton de la colère pour dire qu'il était malheureux que le curé n'eût pas rappelé à la pudeur cette femme entretenue au vu et au su de toute la ville, et qui étalait un luxe insolent : chevaux, voitures, et tout ce qui s'ensuit. Le docteur étendit la main :

« Ne jugeons pas. Ce n'est pas nous qu'elle offense.

— Et le scandale, alors? ça ne compte pas? »

A une certaine grimace du docteur, elle comprit qu'il admirait en lui-même comme elle était vulgaire, et elle s'efforça de baisser le ton, mais il ne fallut que quelques secondes pour que de nouveau elle criât qu'une telle femme lui faisait horreur... Cette propriété où avait vécu si longtemps sa vieille amie Mme Bouffard, la belle-mère de Victor Larousselle, était occupée maintenant par une drôlesse... Chaque fois qu'elle passait devant le portail, cela lui fendait le cœur...

Le docteur, d'une voix calme, presque basse,

l'interrompit pour dire qu'il n'y avait ce soir, dans cette maison, qu'une mère au chevet de son enfant mort. Alors Mme Courrèges, solennelle et l'index levé, prononça :

« La justice de Dieu! »

Les enfants entendirent la chaise que le docteur brusquement écartait de la table. Il mit les revues dans sa poche et, sans autre parole, gagna la porte d'un pas qu'il s'efforçait de ralentir, mais la famille aux écoutes l'entendit monter l'escalier quatre à quatre.

« Qu'est-ce que j'ai dit d'extraordinaire? »

Mme Courrèges interrogea du regard sa belle-mère, le jeune ménage, les enfants, la domestique. Nul autre bruit que celui des couteaux et des fourchettes et la voix de Madeleine : « Ne mords pas dans ton pain... Laisse cet os... » Mme Courrèges, ayant dévisagé sa belle-mère, dit encore :

« C'est de la maladie. »

Mais la vieille dame, le nez dans son assiette, ne parut pas avoir entendu. Alors Raymond avait éclaté de rire.

« Va-t'en rire dehors, tu reviendras lorsque tu seras calmé. »

Raymond avait jeté sa serviette. Que le jardin était paisible! Oui, ce devait être la fin du printemps, car il se souvient des capricornes au vol ronflant et qu'on avait servi des fraises pour le dessert. Il s'assit au milieu de la prairie, sur la pierre chaude d'un bassin dont nul n'avait jamais vu le jet d'eau. L'ombre de son père errait, au premier étage, d'une fenêtre à l'autre. Dans ce crépuscule poussiéreux et lourd sur une campagne, près de Bordeaux, la cloche sonnait à longs intervalles parce qu'était mort l'enfant de cette même femme qui vide son verre, à cette minute, si près de Raymond qu'il pourrait presque la toucher de sa main tendue. Depuis qu'elle a bu du champagne, Maria Cross regarde plus librement le jeune homme comme si elle ne redoutait plus d'être reconnue. C'est peu de dire qu'elle n'a pas vieilli : en dépit de ses cheveux courts et quoiqu'il n'y ait rien sur elle qui ne soit au goût de cet hiver, tout son corps cependant a gardé la forme des modes de 19... Elle est jeune, mais d'une jeunesse qui s'épanouit et se fixa voici quinze ans — jeune comme on ne l'est plus. Ses paupières ne sauraient paraître plus battues qu'au temps où elle disait à Raymond : « Nous avons des yeux fraternels. »

*

Raymond se souvient qu'au lendemain de ce soir où son père avait quitté la table, il buvait

du chocolat dès l'aube, à la salle à manger, et
comme les fenêtres étaient ouvertes sur de la
brume, il grelottait un peu dans une odeur de
café frais moulu. Le gravier de l'allée craqua
sous les roues du vieux coupé : le docteur était
en retard, ce matin-là. Mme Courrèges, vêtue
d'une robe de chambre prune, les cheveux tirés
et tressés encore selon le rite nocturne, baisa le
front de l'écolier qui n'interrompit pas son déjeuner.

« Ton père n'est pas descendu? »

Elle ajouta qu'elle avait des lettres à lui
donner pour la poste. Mais Raymond devinait
la raison de sa présence matinale; à vivre ainsi
pressés les uns contre les autres, les membres
d'une même famille ont à la fois le goût de ne
pas se confier et celui de surprendre les secrets
du voisin. La mère disait de la belle-fille : « Elle
ne me dit jamais rien; n'empêche que je la
connais à fond. » Chacun prétendait connaître
à fond tous les autres et demeurer seul indéchif-
frable. Raymond croyait savoir pourquoi sa
mère était là : « Elle veut se rattraper. » Après
une scène comme celle de la veille, elle rôdait
autour de son mari, cherchant à rentrer en
grâce. La pauvre femme découvrait toujours
trop tard que ses paroles étaient à coup sûr les
mieux faites pour froisser le docteur. Comme

dans certains rêves douloureux, chaque effort vers son mari l'éloignait de lui; impossible de rien faire ni de rien dire qui ne lui fût odieux. Empêtrée d'une maladroite tendresse, elle avançait comme à tâtons, mais, de ses bras tendus, ne savait lui donner que des blessures.

Lorsqu'elle entendit se fermer au premier étage la porte du docteur, Mme Courrèges versa dans la tasse le café brûlant; un sourire éclaira son visage barbouillé d'insomnie, raviné par la lente pluie des jours besogneux et pareils, — sourire vite éteint dès que parut le docteur, et déjà elle le toisait, méfiante :

« Tu as ton chapeau haut de forme et ta redingote?

— Tu le vois bien.

— Tu vas à un mariage?

— ...

— A un enterrement?

— Oui.

— Qui est mort?

— Quelqu'un que tu ne connais pas, Lucie.

— Dis-le-moi tout de même.

— Le petit Cross.

— Le fils de Maria Cross? Tu la connais? Tu ne me l'avais pas dit, tu ne me dis rien. Pourtant, depuis que nous parlons à table de cette drôlesse...., »

Le docteur, debout, buvait son café. Il répondit de sa voix la plus douce, qui témoignait chez lui d'une exaspération à son comble, mais jugulée :

« Après vingt-cinq ans, tu n'as pas encore compris que je parle de mes clients le moins possible. »

Non, elle ne comprenait pas et s'obstinait à trouver stupéfiant d'apprendre au hasard de ses visites que telle dame était soignée par le docteur Courrèges :

« C'est bien agréable pour moi, lorsque les gens s'étonnent : « Comment? vous ne le saviez pas? » et je suis obligée de répondre que tu n'as aucune confiance en moi, que tu ne me dis jamais rien.... C'était le petit que tu soignais? De quoi est-il mort? Tu peux bien me le dire, à moi, je ne répète rien; et d'ailleurs, c'est sans importance, pour des gens comme ça.... »

Le docteur, comme s'il n'avait pas entendu, comme s'il ne la voyait pas, mit son pardessus, cria à Raymond : « Dépêche-toi, sept heures ont sonné il y a longtemps. » Mme Courrèges trottait derrière eux :

« Qu'est-ce que j'ai encore dit? Tout de suite, tu te hérisses. »

La portière claqua, un massif de fusains masquait déjà le vieux coupé, le soleil commençait

de déchirer la brume; Mme Courrèges, s'adres-
sant à soi-même des paroles confuses, revint vers
la maison.

Dans la voiture, l'écolier observait son père
avec une curiosité ardente, avec le désir de recevoir une confidence. Voici la minute où ils
eussent pu se rapprocher, peut-être. Mais le
docteur était alors en esprit bien loin de ce garçon dont il avait si souvent voulu la capture; la
jeune proie s'offrait à lui, maintenant, et il ne
le savait pas; il marmonnait dans sa barbe,
comme s'il eût été seul : « J'aurais dû faire venir
un chirurgien.... On peut toujours tenter la tré-
panation... » Il rejeta en arrière son haut de
forme hérissé, baissa une vitre, tendit sa face pi-
leuse vers la route pleine de carrioles. A la barrière, le père répéta distraitement : « A ce
soir », mais il ne suivit pas Raymond des yeux.

III

L'ÉTÉ qui vint alors fut celui où Raymond Courrèges eut dix-sept ans. Il se le rappelle torride,
sans eau, et tel que depuis nul autre n'accabla
de ce ciel intolérable la ville pierreuse. Et pourtant il se souvient de ces étés à Bordeaux, que
des collines défendent contre le vent du Nord
et qu'assiègent jusqu'à ses portes les pins et le
sable où la chaleur se concentre, s'accumule, —
Bordeaux, ville pauvre en arbres, hors ce Jardin public où il semblait aux enfants mourant
de soif que, derrière les hautes grilles solen-
nelles, achevait de se consumer la dernière ver-
dure du monde.

Mais, dans son souvenir, peut-être Courrèges
confond-il le feu du ciel, cette année-là, et la
flamme intérieure qui le dévastait, lui et
soixante garçons de son âge, entre les barrières
d'une cour séparée des autres cours par un mur
de latrines. Il fallait deux surveillants pour tenir

tête à ce troupeau d'enfants près de mourir, et d'hommes près de naître. Sous la poussée d'une germination douloureuse, la jeune forêt humaine s'étirait en quelques mois, grêle et souffrante. Mais tandis que le monde, ses usages, émondaient presque tous ces baliveaux de bonnes familles, Raymond Courrèges, lui, jetait sans vergogne tout son feu. Il faisait peur et horreur à ses maîtres qui séparaient le plus possible des autres ce garçon au visage déchiré (parce que sa chair d'enfant supportait mal le rasoir). Il était, aux yeux des bons élèves, le sale type dont on raconte qu'il cache dans son portefeuille des photographies de femmes et qu'il lit à la chapelle, sous une couverture de paroissien, *Aphrodite*. « Il avait perdu la foi.... » Cette parole terrifiait le collège comme si, dans un asile de fous, le bruit eût couru que le plus furieux, ayant rompu sa camisole, errait tout nu à travers les jardins. On savait que, les rares dimanches où il échappait à la retenue, Raymond Courrèges jetait aux orties l'uniforme et la casquette qu'ornait le monogramme de la Vierge, qu'il revêtait un pardessus acheté tout fait chez Thierry et Sigrand, se coiffait d'un melon ridicule de policier en civil, et courait les baraques louches de la foire : on l'avait vu au « manège-salon », avec une catin sans âge.

Lorsque, le jour de la distribution solennelle des prix, il fut notifié à une assemblée abrutie de chaleur sous les feuilles déjà grillées, que l'élève Courrèges était définitivement reçu avec la mention « assez bien », lui seul connaissait la raison de cet effort qu'il avait soutenu, en dépit du désordre apparent de sa vie, pour ne pas échouer à l'examen. Une idée fixe l'avait occupé, diverti de toute persécution, lui avait rendu courtes les heures d'arrêt contre le mur crépi du préau : l'idée du départ, de la fuite, dans une aube d'été, sur la grand-route d'Espagne qui passe devant la propriété des Courrèges — route comme alourdie de pavés énormes, souvenir de l'Empereur, de ses canons et de ses convois. Ivresse d'avance savourée de chaque pas l'éloignant un peu plus du collège et de la morne famille! Il avait été entendu que, si Raymond était reçu, son père et sa grand-mère lui donneraient chacun cent francs; comme déjà il en possédait huit cents, ainsi détiendrait-il le billet de mille, grâce auquel il se flattait de pouvoir courir le monde et dérouler, entre lui et les siens, une route indéfinie. C'est pourquoi, sans que le troublât le jeu des autres, il travaillait durant ses punitions. Parfois il fermait son livre, revenait goulûment à sa rêverie : des cigales chantaient dans les pins des routes futures; l'auberge était fraîche et sombre où il s'asseyait, harassé, dans un village sans nom; le clair de lune éveillait les coqs et l'enfant repartait à la fraîche avec le goût du pain dans les dents; et parfois il dormait sous une meule, une paille lui cachait une étoile, la main mouillée du petit jour l'éveillait....

Et pourtant, il n'avait pas fui, ce garçon que ses maîtres et ses parents s'accordaient pour juger capable de tout; ses ennemis, à leur insu, avaient été les plus forts : la défaite d'un adolescent vient de ce qu'il se laisse persuader de sa misère. A dix-sept ans, il arrive que le garçon le plus farouche accepte bénévolement l'image de soi-même que les autres lui imposent. Raymond Courrèges était beau et ne doutait point d'être un monstre de laideur, de saleté; il ne discernait pas les lignes pures de sa face, mais était assuré de ne pouvoir rien exciter chez autrui que le dégoût. Il se faisait horreur et croyait qu'il n'atteindrait jamais à rendre au monde l'inimitié qu'il y faisait naître. Et c'est pourquoi, plus fortement que le désir d'évasion, il éprouvait celui de se cacher, de dérober son visage, de ne point essuyer la haine des inconnus. Ce débauché, dont les enfants de la Congrégation redoutaient de toucher la main, autant qu'eux-mêmes il ignorait la femme et ne se fût point jugé digne

de plaire à la plus misérable souillon. Il avait
honte de son corps. Cette ostentation dans le désordre et dans la saleté, parents ni maîtres ne
surent y voir une bravade misérable de l'adolescent pour leur faire croire que sa misère était
voulue : pauvre orgueil de cet âge, humilité désespérée.

Ces vacances après sa rhétorique, bien loin
d'avoir été celles de son évasion, furent un temps
de lâcheté cachée : perclus de honte, il croyait
lire du mépris dans les yeux de la servante qui
faisait sa chambre, n'osait soutenir ce regard
dont le docteur parfois longuement le couvait.
Comme les Basque passaient à Arcachon le
mois d'août, il ne lui restait plus même les corps
d'enfants souples comme des plantes avec les-
quels il aimait à jouer sauvagement.

Depuis le départ des Basque, Mme Courrèges
répétait volontiers : « C'est tout de même
agréable d'être enfin un peu chez soi. » Ainsi se
vengeait-elle d'un propos de sa fille : « Gaston
et moi nous avions bien besoin d'une petite
cure de solitude. » En réalité, la pauvre femme
vivait dans l'attente d'une lettre quotidienne et
l'orage ne grondait pas sans qu'elle vît les
Basque au complet dans une pinasse en perdi-
tion. Sa maison n'était plus qu'à demi pleine et
les chambres vides lui faisaient mal. Qu'attendre

de ce fils toujours à courir les routes, qui rentrait suant et, plein de hargne, se jetait sur la nourriture comme une bête?

« On me dit : vous avez votre mari.... Ah! ouiche!

— Vous oubliez, ma pauvre fille, comme Paul est occupé.

— Il n'a plus ses cours, ma mère. Le plus gros de sa clientèle est aux eaux.

— Sa clientèle de pauvres ne se déplace pas. Et puis son laboratoire, l'hôpital, ses articles.... »

L'épouse amère secouait le front : à cette activité du docteur, elle savait bien que l'aliment ne ferait jamais défaut; qu'il n'y aurait jamais, jusqu'à la mort de cet homme, un intervalle de repos pendant lequel, vacant, oisif, il lui eût accordé le don total de quelques instants. Elle ne croyait pas que cela fût possible; elle ne savait pas que l'amour, dans les vies les plus pleines, sait toujours se creuser sa place; qu'un homme d'Etat surmené, autour de l'heure où sa maîtresse l'attend, arrête le monde. Cette ignorance l'empêchait de souffrir. Bien qu'elle connût l'espèce d'amour qui est de talonner un être inaccessible et qui ne se retourne jamais, son impuissance même à obtenir de lui un seul regard attentif l'avait empêchée d'imaginer que le docteur pût être différent pour une autre femme. Non, elle n'aurait pas voulu croire qu'il existât une femme capable d'attirer le docteur hors de cet univers incompréhensible où s'établissent des statistiques, des observations, où s'accumulent des taches de sang ou de pus retenues entre deux verres, et elle devait vivre des années sans découvrir que, bien des soirs, le laboratoire était resté désert, des malades avaient attendu en vain celui qui les aurait soulagés, mais qui, dans un salon sombre, étouffé d'étoffes, aimait mieux demeurer immobile, la face tournée vers une femme étendue.

Pour ménager, dans ces jours de labeur, de tels espaces secrets, le docteur devait redoubler d'activité; il déblayait sa route encombrée, pour atteindre enfin ce temps de contemplation et d'amoureux silence où un long regard contentait son désir. Parfois, tout près de cette heure attendue, il recevait un message de Maria Cross : elle n'était plus libre, l'homme de qui elle dépendait avait arrangé une partie dans un restaurant de la banlieue; le docteur n'aurait plus eu la force de vivre si, à la fin de la lettre, Maria Cross n'eût proposé un autre jour. Par un miracle instantané, toute son existence s'organisait autour de ce rendez-vous nouveau; bien qu'il fût pris heure par heure, il voyait d'un coup d'œil, comme un habile joueur d'échecs,

les combinaisons possibles et ce qu'il fallait dé-
placer pour être à la minute fixée, immobile,
oisif, dans le salon étouffé d'étoffes, la face
tournée vers cette femme étendue. Et, quand
était passée l'heure où il aurait dû la joindre, si
elle ne s'était excusée, il se réjouissait, songeant :
« Maintenant ce serait déjà fini, tandis que j'ai
encore devant moi tout ce bonheur... » Les
jours qui l'en séparaient, il avait de quoi les
combler : le laboratoire surtout lui était un
havre; il y perdait conscience de son amour; la
recherche abolissait le temps, consumait les
heures jusqu'à ce que soudain ce fût le moment
de pousser le portail de cette propriété où vivait
Maria Cross, derrière l'église de Talence.

*

Mais, ainsi dévoré, il observait moins son fils,
cet été-là. Dépositaire de tant de secrets honteux, le docteur répétait souvent : « Nous
croyons toujours que le « fait divers » ne nous
concerne pas, que l'assassinat, le suicide, la
honte, c'est pour les autres, et pourtant... » Et
pourtant il ne sut jamais que, dans cet août mor-
tel, son fils avait été tout près d'accomplir un
geste irréparable. Raymond voulait fuir, mais,
en même temps, se cacher, n'être pas vu. Il

n'osait pas entrer dans un café, dans un magasin. Il lui arrivait de passer dix fois devant une
porte sans se résoudre à l'ouvrir. Cette phobie
rendait impossible toute évasion, mais il étouffait dans cette maison. Bien des soirs, la mort
lui apparut ce qui est le plus simple; il ouvrit
le tiroir du bureau où son père cachait un re-
volver d'un modèle ancien : Dieu ne voulut
pas qu'il en trouvât les balles. Un après-midi, il
traversa les vignes assoupies, descendit vers le
vivier, au bas d'une prairie aride : il espérait
que les plantes, les mousses enlaceraient ses
jambes, qu'il ne pourrait se dépêtrer de cette
eau bourbeuse et qu'enfin sa bouche, ses yeux
seraient comblés de vase, que nul ne le verrait
plus, et qu'il ne verrait plus les autres le voir.
Des moustiques dansaient sur cette eau; des gre-
nouilles, comme des cailloux, troublaient cette
ténèbre mouvante. Prise dans des plantes, une
bête crevée était blanche. Ce qui sauva Raymond, ce jour-là, ne fut pas la peur, mais le
dégoût.

Par bonheur, il n'était pas souvent seul, le
tennis des Courrèges attirant la jeunesse des pro-
priétés voisines. Mme Courrèges reprochait aux
Basque d'avoir exigé qu'elle fît la dépense de
ce tennis, et d'être partis quand ils auraient pu
y jouer. Les étrangers seuls en profitaient : une

raquette à la main, des garçons vêtus de blanc,
et qu'on n'entendait pas venir sur leurs espa-
drilles muettes, apparaissaient dans le salon à
l'heure de la sieste, saluaient ces dames, s'infor-
maient à peine de Raymond, et puis rentraient
dans la lumière bientôt retentissante de leurs
play, de leurs *out* et de leurs rires. « Ils ne se
donnent pas la peine de refermer la porte », gémissait Mme Courrèges mère dont l'idée fixe
était de ne pas laisser entrer la chaleur. Raymond eût peut-être consenti à jouer, mais la présence des jeunes filles le chassait — ah! surtout
les demoiselles Cosserouge : Marie-Thérèse.
Marie-Louise et Marguerite-Marie, trois blondes
épaisses à qui trop de cheveux donnaient des
migraines — condamnées à porter sur la tête
une architecture énorme de tresses jaunes, mal
retenue par les peignes et toujours menacée,
Raymond les haïssait : qu'est-ce qu'elles avaient
à rire tout le temps? Elles se « tordaient », trou-
vaient toujours que les autres étaient « pouf-
fants ». Au vrai, elles ne riaient pas plus de
Raymond que de quiconque, mais c'était son
mal de se croire le centre de la risée universelle.
Il avait d'ailleurs une raison précise de les haïr :
la veille du départ des Basque, Raymond n'avait
osé refuser à son beau-frère la promesse de monter un immense cheval que le lieutenant laissait

à l'écurie. Mais, à cet âge-là, Raymond, à peine en selle, avait toujours été la proie d'un vertige qui faisait de lui le plus ridicule cavalier. Les demoiselles Cosserouge, un matin, l'avaient surpris dans une allée forestière, cramponné au pommeau, puis déposé rudement sur le sable. Il ne pouvait les voir sans se souvenir des grands éclats qu'elles firent alors; en toute rencontre, elles aimaient rappeler les circonstances de sa chute.

Quelle tempête la plus bénigne taquinerie suscite, dans un jeune cœur, à cet équinoxe du printemps! Raymond ne distinguait pas l'une des Cosserouge des autres et, dans sa haine, il ne considérait que le bloc des Cosserouge, espèce de monstre gras à trois chignons, toujours suant et gloussant sous les arbres immobiles de ces après-midi d'août 19...

Parfois, il prenait le train, traversait la fournaise de Bordeaux, gagnait les docks où, dans l'eau morte que des flaques de pétrole et d'huile tachaient d'arc-en-ciel, s'ébattaient des corps consumés par la misère et par les scrofules. Ils riaient, se poursuivaient; leurs pieds nus claquant sur les dalles y faisaient de frêles traces mouillées.

Octobre revint : la traversée était accomplie, Raymond avait passé l'endroit périlleux de sa

vie, il allait être sauvé, il était déjà sauvé dans
cette rentrée où les livres de classe neufs, dont
il avait toujours aimé l'odeur, lui offraient en
tableau synoptique, cette année-là qu'il devenait
philosophe, tous les songes et tous les systèmes
humains. Il allait être sauvé — non par ses
seules forces. Mais le temps était proche de la
venue d'une femme — celle-là même qui le regarde, ce soir, à travers la fumée et les couples
de ce petit bar, et dont le temps n'a pas altéré
le front vaste et calme.

Durant les mois d'hiver qu'il vécut avant cette
rencontre, il avait été en proie à un engourdissement profond; une sorte d'hébétude le désarmait; inoffensif, il n'était plus l'éternel puni.
Après ces vacances où l'avait torturé la double
obsession de la fuite et de la mort, il accomplis-
sait volontiers les gestes ordonnés, et la disci-
pline l'aidait à vivre; mais il n'en goûtait que
mieux la douceur du retour quotidien, la course
de tous les soirs d'une banlieue à une banlieue.
La porte du collège franchie, il entrait dans le
secret de la petite route humide qui avait tantôt
son odeur de brouillard et tantôt son haleine de
froid sec; il était familier aussi avec tous ces
ciels ténébreux ou déblayés et rongés d'étoiles,
ou tendus de nuages éclairés du dedans par la
lune qu'il ne voyait pas; puis c'était l'octroi, le

tramway toujours assailli d'un peuple accablé, sale et doux; le grand rectangle jaune s'enfonçait dans une demi-campagne, plus illuminé que le *Titanic,* et roulait entre des jardinets tragiques, submergés au fond de l'hiver et de la nuit.

*

A la maison, il ne se sentait plus l'objet d'une enquête perpétuelle; l'attention générale avait été reportée sur le docteur.

« Il m'inquiète, disait Mme Courrèges à sa belle-mère, vous êtes bien heureuse de ne pas vous faire de mauvais sang; j'envie des natures comme les vôtres.

— Paul est un peu surmené, il travaille trop, c'est certain; mais il a un fonds de santé qui me rassure... »

La bru haussait les épaules et ne cherchait pas à comprendre ce que la vieille marmonnait pour soi seule : « Il n'est pas malade, mais c'est vrai qu'il souffre. »

Mme Courrèges répétait : « Il n'y a pas comme les médecins pour ne pas se soigner. » A table, elle l'épiait; il levait vers elle un visage crispé.

« C'est vendredi : pourquoi une côtelette?

— Il te faut un régime fortifiant.

— Qu'en sais-tu?

— Pourquoi ne consultes-tu pas Dulac? Un médecin ne peut pas se soigner tout seul.

— Mais enfin, ma pauvre Lucie, pourquoi veux-tu que je sois malade?

— Tu ne te vois pas, tu es à faire peur; tout le monde le remarque. Hier encore, je ne sais plus qui m'a demandé : « Mais qu'a donc votre mari? » Tu devrais prendre de la choléine.... Je suis sûre que c'est le foie....

— Pourquoi le foie plutôt qu'un autre organe? »

Elle déclarait d'un ton péremptoire . « J'ai cette impression. » Lucie avait l'impression très nette que c'était le foie, rien ne l'en eût fait démordre; et elle entourait le docteur de rappels plus harcelants que des mouches : « Tu as déjà pris deux tasses de café; je dirai à la cuisine qu'on ne remplisse plus la cafetière; c'est la troisième cigarette depuis le déjeuner, ne proteste pas : les trois bouts sont dans le cendrier. »

« La preuve qu'il se sait malade — disait-elle un jour à sa belle-mère, — c'est qu'hier je l'ai surpris devant une glace; lui qui ne s'est jamais occupé de son physique, il observait de tout près sa figure, y promenait ses doigts; on aurait dit qu'il voulait déplisser son front, ses tempes; il a même ouvert la bouche et regardé ses dents. »

Mme Courrèges mère, par-dessus ses besicles, observait sa bru, comme si elle eût craint de déchiffrer, sur cette face méfiante, plus qu'une inquiétude : un soupçon. La vieille femme sentait que le baiser de son fils, le soir, était plus appuyé que naguère, et peut-être savait-elle ce que signifiait le poids de cette tête d'homme une seconde abandonnée : elle s'était accoutumée, depuis l'adolescence de son fils, à deviner ces blessures qu'un seul être au monde, celui qui les a faites, pourrait guérir. Mais l'épouse, elle, bien qu'elle fût depuis des années froissée dans sa tendresse, ne croyait pourtant qu'au mal physique; et chaque fois que le docteur s'asseyait en face d'elle et qu'il appliquait ses deux mains unies sur sa face douloureuse, elle répétait :

« C'est notre avis à tous : tu devrais consulter Dulac.

— Dulac ne me dirait rien que je ne sache.

— Peux-tu t'ausculter toi-même? »

Le docteur ne répondait pas, attentif à cette angoisse de son cœur contracté, comme tenu et à peine serré par une main. Ah! certes, il en comptait mieux les battements qu'il n'eût fait dans une autre poitrine, — encore tout haletant de ce jeu auquel il venait de se livrer près de Maria Cross : que c'est difficile d'introduire un mot plus tendre, une allusion amoureuse dans une causerie avec une femme déférente et qui impose à son médecin un caractère sacré, le revêt d'une paternité spirituelle!

Le docteur revivait les circonstances de cette visite : il avait laissé sa voiture sur la grand-route, devant l'église de Talence, et suivi à pied un chemin plein de flaques. Le crépuscule était si rapide que ce fut la nuit avant qu'il eût franchi le portail. Au bout d'une allée mal entretenue, une lampe rougissait les vitres, au rez-de-chaussée d'un logis bas. Il n'avait pas sonné; aucun domestique ne l'avait précédé à travers la salle à manger, il était entré sans frapper dans le salon où Maria Cross étendue ne se leva pas; elle avait même, pendant quelques secondes, poursuivi sa lecture. Puis : « Voilà, docteur, je suis à vous. » Et elle lui offrait ses deux mains, écartait un peu ses pieds pour qu'il pût s'asseoir sur la chaise longue : « Ne prenez pas cette chaise, elle est cassée. C'est luxe et misère, ici, vous savez... »

M. Larousselle avait installé Maria Cross dans cette maison de campagne où le visiteur trébuchait dans les déchirures des tapis, où les plis des rideaux dissimulaient des trous. Parfois Maria Cross demeurait silencieuse; mais, pour que le docteur pût prendre l'initiative d'une conver-

sation favorable à l'aveu qu'il avait résolu de
faire, il n'aurait point fallu que cette glace, au-
dessus de la chaise longue, reflétât une figure
rongée de barbe, des yeux sanglants et abîmés
par le microscope, ce front déjà chauve à
l'époque où Paul Courrèges préparait l'internat.
Tout de même, il tenterait sa chance : une petite main pendait, touchait presque le tapis; il
l'avait saisie dans la sienne et dit à mi-voix :
« Maria... » Elle n'avait pas retiré sa main
confiante : « Non, docteur, je n'ai pas de fièvre. »
Et, comme toujours elle ne parlait que de soi,
elle avait ajouté : « J'ai fait, mon ami, une
chose que vous approuverez : j'ai dit à M. La-
rouselle que la voiture ne m'était plus nécessaire, qu'il pouvait vendre l'équipage et remer-
cier Firmin. Vous savez comme il est : un
homme incapable de rien comprendre à un sentiment noble; il a ri, a prétendu que, pour un
caprice de quelques jours, ce n'était pas la peine
de « tout chambarder ici ». Je tiens bon et par
tous les temps je n'use plus que du tramway :
encore aujourd'hui, pour revenir du cimetière.
J'ai pensé que vous seriez content de moi. Je me
sens moins indigne de notre petit mort; je me
sens moins... moins... entretenue. »

Ce dernier mot fut à peine prononcé. De
beaux yeux pleins de larmes, levés vers le doc-

teur, quêtaient humblement une approbation;
il la donna aussitôt, d'une voix grave et froide,
à cette femme qui l'invoquait sans cesse : « Vous
qui êtes si grand... vous, l'être le plus noble que
j'aie jamais connu... dont la seule existence suffit à me faire croire au bien... » Il voulait protester : « Je ne suis pas ce que vous croyez,
Maria; je ne suis qu'un très pauvre homme,
dévoré de désirs comme les autres hommes...

— Vous ne seriez pas le saint que vous êtes,
répondait-elle, si vous ne vous méprisiez.

— Non, non, Maria : pas un saint! vous ne
pouvez savoir... »

Elle le considérait avec une admiration appli-
quée; mais il ne lui arriva jamais de s'inquiéter
comme Lucie Courrèges, ni même de remarquer
sa mauvaise mine. Le culte forcé que lui vouait
cette femme désespérait son amour. Son désir
était muré par cette admiration. Le malheureux
se persuadait, lorsqu'il était loin de Maria Cross,
qu'il n'existait point d'obstacles qu'un amour
comme le sien ne pût traverser; mais, dès qu'il
retrouvait la jeune femme respectueuse et dans
l'attente de sa parole, il se rendait à l'évidence
de son malheur irrémédiable : rien au monde
ne pouvait changer le plan de leurs relations;
elle n'était point maîtresse, mais disciple; il
n'était pas amant, mais directeur. Tendre les

bras vers ce corps étendu, l'attirer eût été un
geste aussi dément que de briser ce miroir. Encore ne se doutait-il pas qu'elle attendait avec
impatience qu'il ne fût plus là. Elle était fière
d'intéresser le docteur et, dans sa vie déchue,
prisait très haut ses relations avec cet homme
éminent; mais qu'il l'ennuyait! Sans pressentir
que ses visites fussent une corvée pour Maria,
il sentait chaque jour davantage que son secret
lui échappait au point qu'un comble d'indifférence à son égard pouvait seul expliquer qu'elle
ne s'en aperçût pas. Si Maria avait éprouvé,
ne fût-ce qu'un commencement d'affection,
l'amour du docteur lui aurait crevé les yeux;
hélas! à quel point une femme peut être
absente, en face d'un homme que d'ailleurs
elle estime et même vénère, et dont le commerce l'enorgueillit, mais qui l'ennuie, c'est
ce dont le docteur avait une révélation par-
tielle — suffisante pour l'accabler.

Il s'était levé, interrompant Maria Cross au
milieu d'une phrase : « Ah! lui avait-elle dit,
vous ne préparez pas vos sorties, vous! mais
des malheureux vous attendent... Je ne veux
pas être égoïste, vous garder pour moi seule. »

Il avait traversé de nouveau la salle à manger déserte, le vestibule; aspiré l'haleine du
jardin gelé; et dans la voiture qui le ramenait,

songeant à la figure attentive et chagrine de
Lucie déjà sans doute inquiète et aux aguets,
il s'était répété : « D'abord ne pas faire souffrir; il suffit que je souffre; ne pas faire
souffrir... »

*

« Tu as plus mauvaise mine encore ce soir.
Qu'est-ce que tu attends pour voir Dulac?
Si tu ne le fais pas pour toi, fais-le pour nous.
On dirait que tu es seul en cause; ça nous
regarde tous. »

Mme Courrèges prenait à témoin les Basque
qui sortirent d'un colloque à mi-voix pour
joindre docilement leurs instances aux siennes :

« Mais oui, mon père, nous souhaitons tous
de vous garder le plus longtemps possible. »

Au seul son de cette voix détestée, le docteur avait honte de ce qui se soulevait en lui
contre son gendre : « C'est pourtant un honnête garçon... je suis impardonnable... » Mais
comment oublier les raisons qu'il avait de le
haïr? Durant des années, cela seul dans le
mariage avait paru au docteur exactement
conforme à ce qu'il avait rêvé : contre le grand
lit conjugal, ce lit étroit où, chaque soir, sa
femme et lui regardaient dormir Madeleine,
leur enfant premier-né. Aucun souffle n'était

perceptible; un pied pur avait repoussé les couvertures; entre les barreaux pendait une petite main molle et merveilleuse. C'était une enfant si douce qu'on pouvait la gâter sans péril, et la prédilection de son père la flattait au point qu'elle restait des heures à jouer sans bruit dans le cabinet du docteur : « Vous dites qu'elle n'est pas très intelligente, répétait-il, mais elle est mieux qu'intelligente. » Plus tard, lui qui avait toujours détesté de sortir avec Mme Courrèges, il aimait qu'on le rencontrât avec cette jeune fille : « On croit que tu es ma femme! » Vers ce temps-là, il avait élu, entre tous les étudiants, Fred Robinson, le seul dont il se sentît compris. Le docteur l'appelait déjà son fils et attendait que Madeleine eût dix-huit ans pour conclure le mariage, lorsque, à la fin du premier hiver où elle avait paru dans le monde, la jeune fille avertit son père qu'elle s'était fiancée au lieutenant Basque. L'opposition furieuse du docteur dura des mois et ne fut comprise ni par sa famille, ni par la société. Comment pouvait-il préférer à cet officier riche, bien apparenté, de grand avenir, un petit étudiant sans fortune et sorti on ne savait d'où? Égoïsme de savant, disait-on.

Les raisons du docteur étaient trop particulières pour qu'il en pût rien dire à son entourage. Dès sa première objection, il s'était senti devenir un ennemi pour cette fille chérie; il se persuada qu'elle se fût réjouie de sa mort, qu'il n'était plus rien à ses yeux qu'un vieux mur à abattre pour rejoindre le mâle qui l'appelait. Par besoin de voir clair, il avait mis le comble à son opiniâtreté, et pour mesurer la haine de l'enfant qu'il avait préférée. Sa vieille mère elle-même était contre lui et se fit complice des jeunes gens. Mille intrigues se nouaient dans sa propre maison pour que les fiancés se pussent rejoindre à son insu. Lorsqu'il céda enfin, il reçut le baiser de sa fille sur la joue; il souleva un peu ses cheveux comme autrefois, pour toucher des lèvres son front. On continuait de dire autour de lui : « Madeleine adore son père, elle a toujours été sa préférée. » Jusqu'à la mort, sans doute, entendrait-il la jeune fille l'appeler : « mon petit papa chéri ».

En attendant, il faudrait supporter le commerce de ce Basque. L'antipathie du docteur à son égard se trahissait en dépit d'un immense effort. « C'est étonnant, disait Mme Courrèges, Paul a un gendre qui pense comme lui sur tous les points, et il ne l'aime pas. » Voilà bien ce que le docteur ne pouvait pardonner à ce garçon dont l'esprit déformant lui renvoyait la caricature de ses plus chères idées. Le lieutenant était de ces êtres dont l'approbation nous accable et nous porte à mettre en doute des vérités pour lesquelles nous eussions versé notre sang.

*

« Mais oui, mon père; soignez-vous pour vos enfants, souffrez qu'ils prennent votre parti contre vous-même. »

Le docteur quitta la salle sans répondre. Plus tard, le ménage Basque réfugié dans sa chambre (territoire sacré dont Mme Courrèges disait : « Je n'y mets jamais les pieds; Madeleine m'a laissé entendre que ça ne lui était pas agréable; ce sont des choses que l'on n'a pas besoin de me dire deux fois, et que je sais comprendre à demi-mot »), le ménage se déshabillait en silence. Le lieutenant, à genoux, la tête enfouie dans le lit, se retourna soudain et demanda à sa femme :

« La propriété fait-elle partie des acquêts?

— ...

— Je veux dire, a-t-elle été achetée par tes parents depuis leur mariage? »

Madeleine le croyait, mais n'en était pas sûre.

« Ce serait intéressant à savoir, parce qu'au cas où ton pauvre père... nous aurions droit à la moitié. »

Il se tut de nouveau; puis soudain demanda

l'âge de Raymond et parut ennuyé qu'il n'eût que dix-sept ans.

« Qu'est-ce que ça peut te faire? pourquoi me demandes-tu ça?

— Pour rien... »

Peut-être songeait-il qu'un mineur complique toujours une succession, car, s'étant levé, il dit :

« Pour moi, j'espère bien que ton pauvre père ne nous quittera pas avant quelques années. »

Le lit immense s'ouvrait dans l'ombre devant le couple. Ils y allaient comme ils se mettaient à table à midi et à huit heures : le moment d'avoir faim.

Durant ces mêmes nuits, Raymond parfois s'éveillait : il ne savait quoi de chaud et de fade ruisselait sur sa face, coulait dans sa gorge, et sa main tâtonnante cherchait une allumette; alors il voyait le sang jaillir de sa narine gauche, tacher sa chemise, ses draps; il se levait et, transi, regardait dans la glace son long corps maculé d'écarlate, essuyait à sa poitrine ses doigts gluants de sang, s'amusait de sa figure barbouillée, feignait d'être à la fois l'assassin et l'assassiné.

IV

Ce fut un soir comme un autre soir, — à la fin
de janvier, alors qu'en ces régions déjà l'hiver
décline, — que Raymond, dans le tram d'ouvriers, s'étonna de voir en face de lui cette
femme. Bien loin de souffrir d'être chaque soir
confondu dans cette cargaison humaine, il se
persuadait d'être un émigrant; il était assis
parmi les voyageurs de l'entrepont et le vaisseau
fendait les ténèbres; les arbres étaient des co-
raux, les passants et les voitures, le peuple
obscur des grandes profondeurs. Traversée trop
brève, pendant laquelle il ne serait pas humilié : aucun de ces corps qui ne fût aussi négligé
que le sien, aussi mal tenu. Quand parfois son
regard rencontrait un regard, il n'y déchiffrait
aucune moquerie; tout de même son linge était
plus propre que cette chemise mal attachée sur
un poitrail de bête velue. Il se sentait à l'aise
parmi ces gens — bien loin de se douter qu'il

eût suffi d'une parole pour que tout à coup sur-
gît le désert qui sépare les classes comme il sépare les êtres; toute la communion possible
était sans doute atteinte par ce contact, par cette
immersion commune dans un tramway fendant
la banlieue nocturne. Raymond, si brutal au
collège, ici ne repoussait pas la tête ballottée
d'un garçon de son âge, à bout de forces, et dont
le sommeil défaisait le corps, le déliait comme
un bouquet.

Or, ce soir-là, il vit en face de lui cette femme,
cette dame. Entre deux hommes aux vêtements
souillés de cambouis, elle était assise, vêtue de
noir, la face découverte. Raymond se demanda
plus tard pourquoi, sous ce regard, il n'avait
pas d'abord éprouvé la honte que lui donnait
la dernière des servantes. Non, aucune honte,
aucune gêne; peut-être parce que dans ce tramway il se sentait anonyme, et qu'il n'imaginait
aucune circonstance qui le pût mettre en rap-
port avec l'inconnue. Mais surtout il ne déchiffrait sur ses traits rien qui ressemblât à de la
curiosité, à de la moquerie, à du mépris. Comme
elle l'observait pourtant! Avec l'application, la
méthode d'une femme qui avait dû se dire :
« Ce visage va me consoler des minutes misérables qu'il faut vivre dans une voiture pu-
blique; je supprime le monde autour de cette

sombre figure angélique. Rien ne peut m'offenser : la contemplation délivre; il est devant moi comme un pays inconnu; ses paupières sont les bords ravagés d'une mer; deux lacs confus sont assoupis aux lisières des cils. L'encre sur les doigts, le col et les manchettes gris, et ce bouton qui manque, cela n'est rien que la terre qui souille le fruit intact, soudain détaché de la branche, et que, d'une main précautionneuse, tu ramasses. »

Et lui aussi, Raymond, plein de sécurité puisqu'il n'avait à craindre de cette inconnue aucune parole, qu'aucun pont ne les reliait l'un à l'autre, il la contemplait avec cette insistance tranquille qui retient notre regard sur une planète... (Comme son front est resté pur! Courrèges le regarde à la dérobée, ce soir, baigné d'une lumière qui ne vient pas du petit bar rutilant, qui est cette lumière d'intelligence dont il est si peu commun qu'un visage de femme soit touché — mais qu'elle y est émouvante alors, et qu'elle nous aide à concevoir que Pensée, Idée, Intelligence, Raison soient des mots féminins!)

Devant l'église de Talence, la jeune femme s'était levée, ne laissant aux hommes abandonnés que son odeur; et ce parfum se dissipa avant que Raymond fût descendu. Il faisait peu froid, ce soir de janvier; l'adolescent ne songeait pas

à courir; déjà la brume recelait cette douceur
secrète de la saison qui approchait. La terre était
nue mais elle ne dormait plus.

*

Raymond, absorbé, ne vit rien, ce soir-là, à la
table de famille, où pourtant jamais son père
n'avait montré une figure si malade — au point
que Mme Courrèges en demeura muette : il ne
fallait pas risquer de le « frapper », dit-elle aux
Basque après que le docteur fut monté avec sa
mère; mais elle prendrait sous son bonnet de
consulter Dulac en secret. Le cigare du lieutenant empestait la salle; debout contre la che-
minée, il répétait : « Il n'y a pas d'erreur, ma
mère, c'est un homme touché. » Sa parole à la
fois brève et bredouillante était celle du com-
mandement; et comme Madeleine opposait à sa
mère :

« Il ne s'agit peut-être que d'une crise... »

Le lieutenant l'interrompit :

« Mais non, Madeleine : le cas est grave; ta
mère a raison. »

La jeune femme ayant risqué une objection,
il cria :

« Mais puisque je te dis que ta mère a raison!
Cela ne te suffit pas? »

*

Au premier étage, Mme Courrèges mère avait
frappé doucement à la porte de son fils assis devant des livres ouverts. Elle ne lui avait posé
aucune question, et, muette, tricotait. S'il n'en
pouvait plus de silence et de refoulement, s'il
avait besoin de parler, elle s'offrait, prête à tout
entendre; un instinct sûr la retenait pourtant
de provoquer aucune confidence. Et lui songea
quelques instants à ne pas retenir ce cri qui
l'étouffait; mais il aurait fallu remonter si loin,
reprendre toute la chaîne de ses douleurs jusqu'à la douleur de ce soir... Et comment expliquer cette disproportion entre sa souffrance et
ce qui l'avait fait naître? Car il n'y avait rien
eu de plus que ceci : à l'heure fixée, le docteur
avait couru chez Maria Cross; une domestique
l'ayant averti que Madame n'était pas encore
rentrée, ce lui fut une première angoisse; il
avait accepté d'attendre dans le salon désert où
une pendule battait moins vite que son cœur.
Une lampe éclairait les poutrelles prétentieuses
du plafond; sur la table basse, près du divan,
tous ces bouts de cigarette dans un cendrier :
« Elle fume trop... elle s'intoxique. » Que de
livres! Mais aucun dont les dernières pages

fussent coupées. Son œil suivit les plis déchirés
des grands rideaux de soie déteinte. Il répéta :
« Luxe et misère, misère et luxe... », regarda la
pendule, puis sa montre, décida qu'il partirait
dans un quart d'heure; et alors le temps parut
se précipiter. Pour qu'il ne lui semblât pas trop
court, le docteur se défendit de penser à son
laboratoire, à l'expérience interrompue. Il
s'était levé, et rapproché de la chaise longue,
s'était mis à genoux; après avoir craintivement
regardé du côté de la porte, il avait enfoui sa
tête dans les coussins... Quand il se releva, son
genou gauche fit ce craquement habituel. Il se
campa devant une glace, toucha du doigt sa tem-
porale gonflée, émit cette réflexion que celui
qui l'eût surpris à cette minute l'aurait cru
fou. Selon sa coutume de travailleur qui réduit
tout en formules, il avait prononcé : « Dès que
nous sommes seuls, nous sommes des fous. Oui,
le contrôle de nous-mêmes par nous-mêmes ne
joue que soutenu par le contrôle que les autres
nous imposent. » Hélas! il avait suffi de ce raisonnement pour épuiser le quart d'heure de
grâce qu'il s'était accordé...

Comment expliquer à sa mère qui guette une
confidence, la détresse de cette minute, le renoncement exigé, l'arrachement à ce triste bonheur
quotidien d'une conversation avec Maria Cross?

Le tout n'est pas de vouloir se confier, ni
même d'avoir près de soi une confidente, fût-ce
notre mère. Qui de nous possède la science de
faire tenir dans quelques paroles notre monde
intérieur? Comment détacher de ce fleuve mouvant telle sensation et non telle autre? On
ne peut rien dire dès qu'on ne peut tout dire.
Et d'ailleurs cette vieille femme qui est là que
comprendrait-elle à cette musique profonde de
son fils, à ces dissonances déchirantes? Ce fils
d'une autre race, puisqu'il est d'un autre sexe...
Rien que cela, le sexe, nous sépare plus que
deux planètes... Devant sa mère, le docteur se
rappelle sa douleur, mais ne la raconte pas. Las
d'attendre Maria Cross, il se souvient qu'il avait
ramassé son chapeau, lorsque des pas avaient
résonné dans le vestibule; et sa vie avait été
comme suspendue. La porte s'était ouverte, non
devant la femme attendue, mais devant Victor
Larousselle.

« Vous gâtez trop Maria, docteur. »

Aucun soupçon dans la voix. Le docteur avait
souri à cet homme impeccable, sanguin, vêtu de
beige, éclatant de complaisance et de satisfaction :

« Quel gibier pour vous autres médecins, ces
neurasthéniques, ces malades imaginaires. Hé?
Non, je blague : on connaît votre désintéresse-

ment... Mais j'ai une sacrée veine que Maria
soit tombée sur un oiseau rare de votre espèce.
Savez-vous pourquoi elle ne rentre pas? Madame
a renoncé à sa voiture : c'est sa dernière lubie.
Entre nous, je la crois un peu timbrée; chez une
jolie femme, c'est un charme de plus, hé? Qu'en
pensez-vous, docteur? ce sacré Courrèges! ça me
fait plaisir de vous voir; restez à dîner; Maria
sera contente; elle vous adore. Non? au moins,
attendez son retour; il n'y a qu'avec vous que je
peux parler d'elle. »

« Il n'y a qu'avec vous que je peux parler
d'elle... » Tout d'un coup, chez ce gros homme
glorieux, cette petite phrase déchirante. « Cette
passion, s'était dit le docteur dans la voiture qui
le ramenait, scandalise la ville, et il n'y a pourtant que cela de noble dans cet imbécile. A cin-
quante ans, il se découvre capable de souffrir à
cause d'une femme dont il a pourtant conquis le
corps; mais cela ne lui suffit plus. Son monde,
ses affaires, son écurie, il existe désormais pour
lui, en dehors de cet univers, un principe supé-
rieur de souffrance... Tout n'est peut-être pas
fou dans la conception romantique des passions.
Maria Cross! Maria! douleur, douleur de ne
l'avoir pas vue — mais surtout quel signe qu'elle
n'ait pas même songé à m'avertir! Il faut que je
compte bien peu dans sa vie; elle renonce à me

voir sans même y arrêter sa pensée... Je mets
l'infini dans des minutes qui ne sont rien pour
elle... »

Des paroles réveillent le docteur : sa mère
n'en peut plus de silence; elle aussi a suivi la
pente de ses préoccupations secrètes et ne songe
plus à la blessure inconnue de son fils; elle revient à ce qui l'obsède, ses rapports avec sa bru :

« Je fais le dos rond; je ne réponds jamais
que : « Hé bien, ma fille, à votre aise... comme
« vous voudrez! » Je ne suis pas contrariante. Depuis que Lucie m'a fait sentir que c'était elle
qui avait la fortune... Dieu merci, tu gagnes
assez d'argent. Il est certain que, lorsque tu l'as
épousée, tu avais de l'avenir, mais rien de plus;
et elle, une Boulassier, d'Elbeuf! Je sais bien
que leurs usines n'étaient pas alors ce qu'elles
sont devenues; tout de même, elle aurait pu
faire un mariage plus riche : « Quand on en a,
« on en veut », comme elle m'a dit un jour à propos de Madeleine. Enfin, ne nous plaignons pas :
s'il n'y avait pas les domestiques, ça marcherait.

— Ce qu'il y a de terrible dans la vie, ma
pauvre maman, c'est de faire vivre dans une
même cuisine des domestiques qui n'ont pas les
mêmes maîtres... »

Il toucha des lèvres le front de sa mère, laissa
la porte entrouverte pour qu'elle y vît clair, et

il répétait machinalement : « Ce qu'il y a de terrible dans la vie... »

*

Le lendemain, la lubie de Maria Cross touchant son équipage durait encore puisque Raymond, dans le tramway, vit l'inconnue assise à la même place, et ses yeux calmes reprenaient possession du visage de l'enfant, voyageaient autour des paupières, suivaient l'orée des cheveux obscurs, s'attardaient à la lueur des dents entre les lèvres. Il se souvint de ne s'être pas rasé depuis l'avant-veille, toucha du doigt sa joue maigre, puis cacha honteusement ses mains sous la pèlerine. L'inconnue baissa les yeux et il ne s'aperçut pas d'abord que, faute de jarretelles, une de ses chaussettes avait glissé et découvrait sa jambe. Il n'osait la tirer, mais changea de position. Pourtant, il ne souffrait pas : ce que Raymond avait haï chez les autres, c'était le rire, le sourire, même retenu; il surprenait le moindre frémissement aux commissures d'une bouche, savait ce que signifiait une lèvre inférieure mordue... Mais cette femme-là le contemplait avec une face étrange, à la fois intelligente et animale, oui, la face d'une bête merveilleuse, impassible, qui ne connaît pas le rire. Il ignorait

que son père souvent plaisantait Maria Cross sur
cette façon d'accrocher à sa figure le rire comme
un masque, qui tombait d'un coup sans que le
regard eût rien perdu de son imperturbable
tristesse.

Lorsqu'elle fut descendue devant l'église de
Talence, et qu'il ne vit plus que le cuir de la
banquette, un peu affaissé là où elle s'était
assise, Raymond ne doutait plus de la revoir le
lendemain; il n'aurait pu donner à son espoir
aucune raison valable; simplement, il avait foi.
Ce soir, après dîner, il monta dans sa chambre
deux brocs d'eau brûlante, décrocha son tub,
et le lendemain se réveilla une demi-heure plus
tôt, parce qu'il avait décidé de se raser chaque
jour, désormais.

Les Courrèges eussent pu observer durant des
heures le bourgeon d'un marronnier sans rien
comprendre au mystère de l'éclosion; de même
ils ne virent pas au milieu d'eux ce prodige :
comme un premier coup de bêche met au jour le
fragment d'une statue parfaite, le premier regard de Maria Cross avait décelé dans le collégien sale un être neuf. Sous la chaude contemplation d'une femme, ce corps à l'abandon fut
pareil aux jeunes troncs rugueux d'une forêt
antique et où, soudain, bouge une déesse engourdie. Les Courrèges ne virent pas le miracle,

parce que les membres d'une famille trop unie
ne se voient plus les uns les autres. Raymond
était depuis des semaines un jeune homme soucieux de sa tenue, converti à l'hydrothérapie, sûr
de plaire et occupé à séduire, que sa mère le
considérait toujours comme un collégien mal-
propre. Une femme, sans prononcer de paroles,
par la seule puissance de son regard, transfor-
mait leur enfant, le pétrissait à nouveau, sans
que les Courrèges reconnussent sur lui les traces
de cet enchantement inconnu.

Dans le tramway qui n'était plus éclairé, à
l'époque où les jours allongent, Raymond osait
à chaque fois un geste nouveau : il croisait les
jambes, découvrait des chaussettes soignées et
tirées, des souliers comme des miroirs (il y avait
un cireur à la Croix de Saint-Genès); il n'avait
plus de raisons pour cacher ses manchettes; il
mit des gants; un jour, il se déganta et la jeune
femme ne put se défendre de sourire à la vue
de ces ongles trop carminés où une manucure
avait eu fort à faire; mais, rongés pendant des
années, ils eussent gagné à ne pas attirer encore
l'attention. Tout cela n'était que l'apparence
d'une résurrection invisible; la brume amassée
dans cette âme peu à peu se dissipait sous cette
attention grave, toujours muette, mais que l'ac-
coutumance rendait plus familière. « Il n'était

peut-être pas un monstre et, comme les autres
jeunes hommes, détenait le pouvoir de capter
le regard d'une femme; plus que son regard
peut-être! » En dépit de leur silence, le temps
seul tissait entre eux une trame qu'aucun mot,
qu'aucun geste n'eussent pu rendre plus résis-
tante. Ils sentaient qu'une heure était proche
où s'échangerait la première parole, mais Raymond ne faisait rien pour en hâter l'approche :
forçat timide, il lui suffisait de ne plus sentir ses
chaînes; ce lui était pour l'instant une joie suffisante que de devenir un autre tout à coup.
Avant que l'inconnue l'eût regardé, n'était-il
réellement qu'un écolier sordide? Nous avons
tous été pétris et repétris par ceux qui nous ont
aimés et pour peu qu'ils aient été tenaces, nous
sommes leur ouvrage, — ouvrage que d'ailleurs
ils ne reconnaissent pas, et qui n'est jamais celui
qu'ils avaient rêvé. Pas un amour, pas une amitié qui n'ait traversé notre destin sans y avoir
collaboré pour l'éternité. Le Raymond Courrèges de ce soir, dans le petit bar de la rue
Duphot, ce garçon de trente-cinq ans, serait un
autre homme si en 19.., étant en classe de Philosophie, il n'avait vu s'asseoir en face de lui,
dans le tramway du retour, Maria Cross.

V

Ce fut son père qui, le premier, devait reconnaître cet homme nouveau dans Raymond. Un dimanche de ce printemps finissant, il s'assit à table plus absorbé que de coutume, au point d'entendre à peine le bruit d'une dispute entre son gendre et son fils. Il s'agissait des courses de taureaux dont Raymond avait la passion; il était parti ce dimanche-là après la mise à mort du quatrième taureau, pour ne pas manquer le tram de six heures; sacrifice inutile : justement l'inconnue ne s'y trouvait pas. « C'était dimanche, il aurait dû s'en douter, elle lui avait fait manquer deux taureaux... » Ainsi songeait-il, tandis que le lieutenant Basque professait :

« Je ne comprends pas que ton père te permette d'assister à cette boucherie. »

La réponse de Raymond : « C'est tordant ces

officiers qui ont horreur du sang », déchaîna le tumulte. Le docteur entendit soudain :

« Non, mais tu ne m'as pas regardé!

— Je te regarde et je ne vois qu'un blanc-bec.

— Un blanc-bec? répète-le. »

Ils s'étaient levés; toute la famille se précipita. Madeleine Basque criait à son mari : « Ne réponds pas, ça n'en vaut pas la peine, ça n'a pas d'importance venant de lui! » Le docteur suppliait Raymond de s'asseoir : « Assieds-toi, et mange, et que ce soit fini. » Le lieutenant criait qu'on l'avait traité de lâche; Mme Courrèges affirmait que Raymond n'avait pas voulu dire cela. Cependant chacun s'était rassis : une secrète connivence les faisait s'employer tous à éteindre ce feu. L'esprit de famille leur inspirait une répugnance profonde pour ce qui menaçait l'équilibre de leurs caractères. L'instinct de conservation inspirait à cet équipage embarqué pour la vie sur la même galère, le souci de ne laisser s'allumer à bord aucun incendie.

C'est pourquoi le silence régnait maintenant dans la salle. Une légère pluie s'arrêta soudain de crépiter sur les marches, et les odeurs qu'elle avait délivrées baignèrent la famille silencieuse. Quelqu'un se hâta de dire : « Il fait déjà plus frais. » A quoi une voix répondit que cette pluie n'était rien, qu'elle n'abattrait même pas la poussière. Cependant, le docteur, avec stupeur, observait ce grand fils auquel il ne pensait plus guère et qu'il avait peine à reconnaître. Lui-même, précisément ce dimanche-là, sortait d'un long cauchemar; il s'y était débattu depuis le jour déjà lointain où Maria Cross avait manqué au rendez-vous, et l'avait laissé tête à tête avec Victor Larousselle. Cette journée de dimanche qui s'achevait, l'une des plus cruelles de sa vie, l'avait rendu libre enfin (du moins le croyait-il). Le salut lui était venu d'une fatigue immense, d'une lassitude sans nom; vrai, il avait trop souffert, ce jour-là! Plus de désir que celui de tourner le dos à la bataille, de se terrer dans sa vieillesse. Presque deux mois déjà, depuis son attente vaine dans le salon « luxe et misère » de Maria Cross, jusqu'à cet après-midi horrible où il vient de rendre les armes enfin! A cette table maintenant silencieuse, le docteur de nouveau oublie son fils et se rappelle chaque circonstance de ce dur voyage; il le refait en esprit étape par étape.

*

Son insupportable souffrance avait commencé dès le lendemain du rendez-vous manqué, par cette longue lettre d'excuses :

C'est un peu votre faute, cher grand ami, lui disait Maria dans cette missive lue et relue durant ces deux mois, *c'est vous qui m'avez inspiré cette pensée de renoncer à ce luxe horrible et dont j'ai honte : n'ayant plus ma voiture, je ne saurais rentrer assez tôt pour vous recevoir à notre heure habituelle; j'arrive au cimetière plus tard; j'y demeure aussi plus volontiers : vous ne sauriez imaginer comme la Chartreuse est calme à la fin du jour, pleine d'oiseaux qui chantent sur les tombes. Il me semble que mon petit m'approuve, qu'il est content de moi. Quelle récompense je trouve dans ce tram d'ouvriers qui me ramène! Vous allez croire que je m'exalte trop; mais non : je suis heureuse d'être là, au milieu de ces pauvres dont je ne suis pas digne. Je ne saurais vous dire à quel point j'aime ces retours en tramway. « On » se mettrait maintenant à deux genoux pour que j'accepte de remonter dans la voiture qu' « on » m'a donnée, je n'y consentirais pas. Mon cher docteur, qu'importe en somme de ne plus nous voir? Votre exemple, vos enseignements me suffisent; nous sommes unis au-delà de toute présence. Comme l'a écrit excellemment Maurice Maeterlinck : « Un temps viendra, et il n'est pas loin, où les âmes s'apercevront sans l'intermédiaire des*

« *corps.* » *Ecrivez-moi : vos lettres me suffisent,*
mon cher directeur de conscience!

M. C.

Dois-je continuer à prendre mes cachets? et
mes piqûres? Il ne me reste plus que trois am-
poules; faut-il acheter une autre boîte?

Même si elle ne l'avait si cruellement blessé,
cette lettre eût déplu au docteur par ce qu'elle
révélait de complaisance, de fausse humilité sa-
tisfaite. Connaissant les plus tristes secrets des
hommes, le docteur professait à leur égard une
mansuétude sans limites. Un seul vice pourtant
l'exaspérait : chez les êtres déchus, cette adresse
pour embellir leur déchéance. C'est l'infirmité
dernière où l'homme puisse atteindre : lorsque
son ordure l'éblouit comme un diamant. Non
que Maria Cross fût accoutumée à ce mensonge.
Elle avait même d'abord séduit le docteur par
cette passion qu'elle avait de voir clair en elle
et de n'y rien embellir. Elle insistait même volontiers sur la noblesse de sa mère demeurée
veuve très jeune et qui, pauvre institutrice dans
un chef-lieu de canton, lui avait, disait-elle, dis-
pensé un exemple admirable : « Maman a peiné
pour payer les frais de mon éducation au lycée;
elle me voyait déjà Sévrienne. Elle a eu la joie,

avant de mourir, d'assister à mon mariage, qui
était inespéré. Votre gendre Basque a bien
connu mon mari, aide-major dans son régiment.
Il m'adorait, me rendait heureuse. Depuis sa
mort, avec mon petit, j'avais à peine de quoi
vivre, mais j'aurais pu m'en tirer : ce n'est pas
le besoin qui m'a perdue, mais peut-être ce qu'il
y a de plus vil : le désir d'une belle position, la
certitude d'être épousée... Et maintenant, ce qui
me retient encore auprès de « lui », c'est cette
lâcheté devant la lutte à reprendre, devant le
travail, la besogne mal payée... » Souvent, depuis ces premières confidences, le docteur l'avait
entendue s'humilier, se condamner sans miséri-
corde. Pourquoi, tout à coup, ce goût détestable
de se donner des louanges? Ce n'était pourtant
pas cela qui, dans la lettre, l'atteignait le plus
cruellement; il lui en faisait grief parce qu'il se
mentait à lui-même et n'osait sonder cette autre
blessure profonde — la seule qui lui fût insupportable : Maria ne souhaitait plus de le voir;
elle envisageait allégrement leur séparation. Ah!
cette phrase de Maeterlinck touchant les âmes
qui s'apercevront sans l'intermédiaire des corps,
que de fois l'écouta-t-il en lui, pendant que le
client raconte son cas avec des détails sans fin,
ou lorsque affolé, ânonne le candidat qui ne sait
pas ce qu'est une hémoptysie! Certes, il avait été

fou de croire qu'une jeune femme pût avoir le
goût sensible de sa présence. Fou! fou! mais
quel raisonnement nous préserverait de cette insupportable douleur, lorsque l'être adoré dont
l'approche est nécessaire à notre vie même physique, se résigne d'un cœur indifférent (satisfait
peut-être) à notre absence éternelle? Nous ne
sommes rien pour celle qui nous est tout.

Le docteur fit, durant cette période, un effort
pour se vaincre. « Je l'ai encore surpris devant
son miroir, répétait Mme Courrèges, il commence à se frapper. » Sa misérable face de quin-
quagénaire fatigué, le docteur savait qu'aucun
spectacle ne pouvait mieux le disposer au calme,
à la sérénité du désespoir total. Ne plus penser
à Maria que comme à une morte, attendre soi-
même la mort, en doublant la dose du travail,
— oui, se rosser, se tuer, atteindre la délivrance
grâce à l'opium d'une besogne forcenée. Mais
lui qui se scandalisait de ce que les autres se
mentaient à eux-mêmes, il se dupa encore :
« Elle a besoin de moi; je me dois à elle comme
à tout malade... » Il lui écrivit qu'il jugeait nécessaire de la suivre, qu'elle avait certes raison
de prendre le tramway; mais pourquoi sortir tous
les jours? Il la priait de lui en indiquer un
où elle resterait à la maison. Il se rendrait

libre pour venir la voir à l'heure habituelle.

Pendant toute la semaine, il attendit une réponse. Chaque matin, un coup d'œil lui suffisait sur l'amas des prospectus, des journaux : « Elle n'a pas encore écrit. » Il se livrait à des calculs : « J'ai mis ma lettre à la poste samedi; il n'y a qu'une distribution, le dimanche; elle ne l'a eue que lundi; pour peu qu'elle ait attendu deux ou trois jours avant de répondre... ce serait même étonnant que j'aie une réponse aujourd'hui. A partir de demain, je pourrai commencer à être ennuyé. »

Un soir, rentrant exténué, il trouva la lettre :

... Ma visite au cimetière, c'est pour moi une obligation sacrée. Par tous les temps, je suis décidée à faire ce pèlerinage. C'est au crépuscule que je me sens le plus près de notre petit ange. Il me semble qu'il connaît l'heure de la venue, qu'il m'attend. C'est absurde, je le sais : mais le cœur a ses raisons, comme dit Pascal. Je me sens heureuse, pacifiée quand je monte enfin dans le tram de six heures. Vous savez que c'est un tram d'ouvriers? mais cela ne me fait pas peur; je suis tout près du peuple, moi, et pour m'être séparée de lui en apparence, ne m'en suis-je pas rapprochée d'une autre manière? Je regarde ces hommes; ils me paraissent aussi soli-

taires que moi-même — comment vous expli-
quer? aussi déracinés, déclassés. Ma maison est
plus luxueuse que la leur, c'est tout de même
un garni. Rien n'est à moi, comme rien n'est à
eux... Pas même nos corps... Pourquoi ne passez-
vous pas à la maison, très tard, avant de rentrer
chez vous? Je sais que vous n'aimez pas rencon-
trer M. Larousselle, mais je l'avertirai que j'ai
besoin de vous voir seule; il vous suffira, après
la consultation, d'échanger quelques phrases de
politesse... Vous avez oublié de me répondre à
propos des cachets et de mes piqûres.

Le docteur avait d'abord déchiré cette lettre
dont il jeta les débris. Puis, à genoux, il les ra-
massa, se releva péniblement. Ne savait-elle pas
qu'il ne pouvait souffrir l'approche de Larousselle? Dans cet homme, il n'était rien qui ne lui
parût haïssable; — ah! c'était bien la même
espèce que Basque... cette lippe sous les mous-
taches teintes, ces bajoues, cette carrure, procla-
maient une complaisance de soi inaltérable. Ses
larges cuisses, sous le cover-coat, étaient l'image
de la satisfaction infinie. Parce que Larousselle
trompait Maria Cross avec ce qu'il y avait de
plus bas, on disait à Bordeaux « qu'il avait
Maria Cross pour la montre ». Le docteur était
presque seul à savoir que Maria demeurait la

passion du grand Bordelais, sa défaite secrète
et dont il crevait de rage. Il l'avait achetée tout
de même, il était seul à la posséder, cet imbécile! Devenu veuf, peut-être l'aurait-il épousée,
s'il n'avait eu ce fils, unique héritier de la maison Larousselle, qu'une armée de nurses, de pré-
cepteurs, de prêtres préparait à ses destins
augustes. Impossible d'exposer cet enfant au
contact d'une telle femme, ni de lui léguer un
nom diminué par une mésalliance. « Que
voulez-vous que je vous dise, mon père, répétait
Basque, fort attaché aux grandeurs de sa ville,
je trouve ces sentiments-là très nobles. Larousselle a de la branche, il a en tout un chic épa-
tant, c'est un gentleman : je ne sors pas de là. »

Maria qui connaissait le dégoût que le docteur avait de cet homme, comment osait-elle lui
fixer un rendez-vous à l'heure précise où il ne
pourrait que se trouver nez à nez avec l'objet de
son exécration? Il en vint à se persuader qu'elle
avait prémédité cette rencontre pour se défaire
de lui. Après avoir écrit puis déchiré, pendant
plusieurs semaines, les lettres les plus furieuses
et les plus folles, il lui en adressa une enfin,
brève et sèche, dans laquelle il lui exposait que,
puisqu'elle ne pouvait se résoudre à demeurer
chez elle un seul après-midi, c'était sans doute
qu'elle se portait le mieux du monde et qu'elle

n'avait plus besoin qu'il s'occupât de la soigner. Elle lui envoya, par retour du courrier, quatre pages d'excuses et de protestations, et l'avertit qu'elle l'attendrait toute la journée, le surlendemain, qui était un dimanche :

... M. Larousselle assistera aux courses de taureaux; il connaît mon peu de goût pour ce genre de spectacle. Venez partager mon goûter. Je vous attendrai jusqu'à cinq heures et demie.

Jamais le docteur n'avait reçu d'elle une lettre si peu sublime et où il fût moins question de santé et de traitement; il la relut plusieurs fois et souvent la touchait dans sa poche, persuadé que cette entrevue ne serait pas comme toutes les autres et qu'il y pourrait déclarer sa passion. Mais comme cet homme de science avait maintes fois noté que ses pressentiments ne se réalisaient pas, il se répétait : « Non, non; ce n'est pas un pressentiment... il n'y a rien dans cette attente qui ne soit logique : je lui ai écrit une lettre de dépit, à quoi elle a répondu avec amitié; donc il dépend de moi que les premières paroles donnent à la conversation un tour plus intime, plus confidentiel... »

Dans sa voiture, entre le laboratoire et l'hôpital, il se représentait cette entrevue, ne se

lassait pas de faire les demandes et les réponses.
Le docteur était de ces imaginatifs qui ne lisent
jamais de romans parce qu'aucune fiction ne
vaut pour eux celles qu'ils inventent et où ils
tiennent le rôle essentiel. Son ordonnance une
fois signée, il était encore dans l'escalier du
client que déjà, comme un chien retrouve l'os
enterré, il revenait à ses imaginations dont parfois il avait honte et où ce timide goûtait la joie
de plier les êtres et les choses selon sa volonté
toute-puissante. Dans le domaine spirituel, ce
scrupuleux ne connaissait aucune barrière, ne
reculait pas devant d'affreux massacres — jusqu'à supprimer en esprit toute sa famille pour
se créer une existence différente.

Pendant les deux jours qui précédèrent son
entrevue avec Maria Cross, s'il ne songea pas à
écarter les suggestions de ce genre, ce fut que,
dans cet épisode qu'il inventait pour sa joie, il
n'était nécessaire de supprimer personne, —
mais simplement de rompre avec sa femme,
comme il avait vu faire tel de ses confrères, sans
aucune autre raison que le morne ennui qu'il
éprouvait à vivre auprès d'elle. A cinquante-
deux ans, il est temps encore de savourer quelques années d'un bonheur, peut-être empoisonné de remords, — mais celui qui n'a rien eu,
pourquoi résisterait-il, fût-ce à une ombre de

joie? Sa présence ne servait même pas à rendre
heureuse l'épouse la plus amère... Sa fille, son
fils? depuis longtemps il avait renoncé à être
aimé d'eux. La tendresse de ses enfants, ah! dès
les fiançailles de Madeleine, il savait ce qu'en
valait l'aune; quant à Raymond, ce qui est inaccessible ne vaut pas qu'on s'y sacrifie.

*

Cette imagination où il se complaisait, le docteur sentait bien qu'elle était assez différente
de ses songeries habituelles. Même quand il
supprimait d'un coup toute une famille, sans
doute éprouvait-il un peu de honte, mais aucun
remords — plutôt le sentiment d'être ridicule :
il s'agissait là d'un jeu superficiel où son être
profond n'était pas intéressé. Non, il n'avait
jamais pensé qu'il pût être un monstre et ne
se croyait pas différent des autres hommes qui,
selon lui, étaient tous des fous dès qu'ils se trou-
vaient seuls avec eux-mêmes et hors du contrôle
d'autrui.

Mais, au long des quarante-huit heures qu'il
vécut dans l'attente de ce dimanche, il sentit
bien que de toute sa force il adhérait à un rêve
et que ce rêve devenait un espoir. Sa conversation prochaine avec cette femme, il en écoutait

dans son cœur la résonance et en était au point
de ne pouvoir plus imaginer que d'autres paroles que celles qu'il inventait dussent être pro-
noncées par eux. Sans cesse il en retouchait le
scénario dont l'essentiel tient dans ce dialogue :

« Nous sommes l'un et l'autre au fond d'une
impasse, Maria. Nous ne pouvons plus rien que
mourir contre un mur, ou vivre en revenant sur
nos pas. Vous ne sauriez m'aimer, vous qui
n'avez jamais aimé. Il reste de vous livrer toute
au seul homme capable de ne rien exiger en
échange de sa tendresse. »

Ici, il croyait entendre les protestations de
Maria :

« Vous êtes fou! mais votre femme? vos enfants?

— Ils n'ont pas besoin de moi. Un enterré
vivant a le droit, s'il le peut, de soulever la
pierre qui l'étouffe. Vous ne sauriez mesurer le
désert qui me sépare de cette femme, de cette
fille, de ce fils. Les mots que je leur adresse n'ar-
rivent même plus jusqu'à eux. Les animaux,
quand leurs petits sont grands, les chassent. Et le
plus souvent, d'ailleurs, les mâles ne les
connaissent pas. Ces sentiments qui survivent à
la fonction, c'est une invention des hommes. Le
Christ le savait, qui a voulu être préféré à tous
les pères et à toutes les mères et qui a osé se

glorifier d'être venu séparer l'épouse de l'époux et les enfants de ceux qui les ont mis au monde.

— Vous ne prétendez pas être Dieu.

— Ne suis-je pas pour vous son image? Ne me devez-vous pas le goût d'une certaine perfection? (ici, le docteur s'interrompait : « non, non, ne pas introduire de métaphysique! »)

— Mais votre situation, vos malades? toute cette existence d'homme bienfaisant... songez quel scandale...

— Si je mourais, il faudrait bien qu'on se passât de moi. Qui est indispensable? Or, c'est bien de mourir qu'il s'agit, Maria : mourir à cette pauvre vie recluse et besogneuse, pour renaître avec vous. Ma femme garderait la fortune qui lui appartient. Je ne serais pas en peine de vous faire vivre : on m'offre une chaire à Alger, une autre à Santiago... Je laisserais à mes enfants ce que j'ai pu mettre de côté jusqu'à ce jour... »

A cet endroit de la scène imaginaire, la voiture s'arrêtait devant l'hôpital; le docteur en franchissait le seuil, l'air encore absent, avec les yeux d'un homme qui sort d'un enchantement ignoré. Sa visite terminée, il rentrait dans son rêve, plein d'une avidité secrète, se répétait : « je suis un fou... et pourtant... » Il en connaissait, parmi ses confrères, qui avaient réalisé ce beau songe. C'est vrai que si leur vie de désordre

avait préparé l'opinion à ce scandale, toute la
ville avait coutume de professer que le docteur
Courrèges était un saint. Mais quoi! justement
parce qu'il avait usurpé cette réputation, quelle
délivrance que de n'en plus subir le poids immé-
rité! Ah! être méprisé enfin! Alors il saurait
adresser à Maria Cross d'autres paroles que des
encouragements au bien et que des conseils édi-
fiants; il serait un homme qui aime une femme
et qui la conquiert avec violence.

*

Le soleil de ce dimanche enfin se leva. Le docteur avait coutume, ce jour-là, de ne faire que
les visites indispensables sans passer par le cabinet qu'il avait en ville, toujours assiégé de
clients, mais dont il n'usait guère que trois fois
dans la semaine pour sa consultation. Il avait en
horreur cette pièce au rez-de-chaussée d'une
maison tout entière occupée par des bureaux;
et il eût été incapable, disait-il, d'y lire ni d'y
écrire une ligne. Comme à Lourdes, les plus
misérables *ex-voto* trouvent leur place, le docteur avait réuni entre ces quatre murs tout ce
dont l'avait comblé sa clientèle reconnaissante.
Après avoir haï ces bronzes d'art, ces terres cuites

autrichiennes, ces amours en poussière de
marbre comprimée, ces biscuits, ces baromètres-
calendriers, il en était au point de se sentir une
sorte de goût pour ce musée horrible et de se
réjouir lorsqu'il recevait une « œuvre d'art »
d'une laideur plus singulière : « surtout, pas
d'ancien! » se disaient les uns aux autres les
clients soucieux de faire plaisir au docteur
Courrèges.

Ce dimanche où il s'était persuadé qu'une entrevue avec Maria Cross allait changer son destin, il avait consenti à recevoir vers trois heures,
dans son cabinet de consultation, un homme
d'affaires, neurasthénique et qui ne pouvait disposer d'une seule heure de loisir dans la semaine. Le docteur s'y était résigné : ainsi
pourrait-il sortir, à peine le déjeuner fini, et
user les derniers instants avant la minute ardemment attendue et redoutée. Il ne demanda
pas sa voiture, ni n'essaya de monter dans les
tramways envahis : des grappes humaines s'ac-
crochaient aux marchepieds, car il y avait un
match de rugby, et c'était la première *corrida*
de l'année : les noms d'*Algabeno* et de *Fuentes*
éclataient sur des affiches jaunes et rouges. Bien
que la course ne dût commencer qu'à quatre
heures, la foule déjà, dans les ternes rues du
dimanche aux magasins fermés, coulait vers les

arènes. Les jeunes gens avaient des canotiers à
rubans de couleur, des chapeaux de feutre gris
clair qu'ils croyaient espagnols; et ils riaient
dans un nuage de caporal. Les cafés soufflaient
sur la chaussée leur fraîche haleine d'absinthe.
Le docteur ne se souvenait pas d'avoir erré
ainsi à travers la cohue, sans autre souci que de
tuer les heures qui le séparaient d'une certaine
heure. Un tel désœuvrement, qu'il paraissait
étrange à cet homme surmené! Il ne savait pas
ne rien faire, voulut penser à cette expérience
commencée, mais ne put voir en lui que Maria
Cross étendue et lisant.

Soudain il n'y eut plus de soleil, et le peuple
inquiet regarda au ciel une nuée lourde. Quelqu'un prétendit avoir senti une goutte; mais le
soleil ruissela de nouveau. Non, l'orage n'éclaterait pas avant que le dernier taureau eût fini
de souffrir.

Peut-être, songeait le docteur, les choses ne se
passeraient pas exactement comme il l'avait
imaginé; mais ce qui était sûr — mathématique-
ment sûr — c'était qu'il ne quitterait pas Maria
Cross sans qu'elle connût son secret : la question
serait posée enfin! Deux heures et demie... Une
heure encore à tuer avant la consultation. Il
toucha au fond de sa poche la clef de son laboratoire. Non, à peine arrivé, il faudrait repartir.

La foule s'émut comme en proie à un vent
brusque. On criait « les voilà! » Dans de vieilles
victorias dont les cochers étaient sordides et
glorieux, parurent les matadors étincelants et
leurs *quadrillas*. Le docteur s'étonnait de ne
rien discerner de bas sur ces durs visages éma-
ciés : l'étrange clergé rouge et or, violet et
argent! De nouveau un nuage tua la lumière et
ils levèrent leurs faces maigres vers l'azur terni.
Le docteur fendit la foule; et maintenant il suivait d'étroites rues désertes. Une fraîcheur de
cave régnait dans son cabinet, où des femmes en
terre cuite et en albâtre souriaient sur des co-
lonnes de malachite. Le battement d'un cartel
genre ancien était plus lent que celui d'une
petite pendule en faux Delft, au centre de la
large table où une femme « modern-style », de
son derrière posé sur un bloc de cristal, pressait
des papiers. Ces figures semblaient chanter en
chœur ce titre d'une revue que le docteur venait
de déchiffrer à tous les carrefours de la ville :
N'y a que ça de bon! — jusqu'à ce taureau en
simili bronze, le mufle sur sa vache. Le docteur,
d'un coup d'œil, admira sa collection, et prononça à mi-voix : « l'époque la plus basse de
l'espèce humaine ». Il poussa un volet, fit pou-
droyer un rayon de feu. Il parcourait la pièce,
se frottait les mains, se disait : « Il ne faudra

pas de préparation, mais que les premiers mots
soient une allusion à ma détresse, lorsque j'ai
cru qu'elle ne souhaitait plus de me voir. Elle
s'étonnera : je lui protesterai que je ne peux
plus vivre sans elle et alors peut-être, peut-
être... »

Il entendit sonner, alla ouvrir lui-même, in-
troduisit son client. Ah! celui-là n'interromprait
pas sa rêverie; il n'y avait qu'à le laisser aller :
ce neurasthénique ne semblait rien exiger des
médecins que la patience de l'écouter. Sans
doute se faisait-il d'eux une idée mystique, car
il ne reculait devant aucune confidence, montrait sa plaie la plus secrète. Le docteur était
déjà revenu en esprit auprès de Maria Cross :
« Je suis un homme. Maria, un pauvre homme
de chair comme les autres. On ne peut pas vivre
sans bonheur; je le découvre trop tard, — mais
pas trop tard pour que vous consentiez à me
suivre? » Comme le client avait fini de parler,
le docteur, avec cet air de dignité, de noblesse
qu'on admirait, prononça : « Il faut d'abord que
vous ayez foi en votre volonté. Si vous ne vous
croyez pas libre, je ne peux rien pour vous.
Tout notre art échoue contre une idée fausse.
Si vous vous croyez la proie impuissante de vos
hérédités, qu'espérez-vous de moi? Avant d'aller
plus loin. j'exige un acte de foi dans votre pou-

voir de dompter en vous toutes ces bêtes qui ne
sont pas vous-même. »

Tandis que l'autre l'interrompait vivement, le
docteur, s'étant levé et rapproché de la fenêtre,
feignit de regarder, entre les volets mi-clos, la
rue vide. Il éprouvait jusqu'à l'horreur cette
survivance en lui des paroles menteuses qui ne
correspondent plus qu'à une foi morte. Comme
nous recevons la lumière d'un astre éteint depuis
des siècles, des âmes autour de lui entendaient
l'écho d'une foi qu'il avait perdue. Il revint
vers la table, s'aperçut que la petite pendule de
faux Delft marquait quatre heures, congédia son
client.

« J'ai bien le temps », se disait le docteur
courant presque sur le trottoir. Comme il atteignait la place de la Comédie, il vit le tramway
assiégé par le peuple que dégorgeaient les ciné-
mas. Pas un seul fiacre. Il dut prendre la file et
cependant ne cessait de consulter sa montre; habitué à sa voiture, il avait mal mesuré son
temps. Il essayait de se rassurer : en mettant
tout au pis, il aurait un retard d'une demi-
heure; cela n'est rien pour un médecin. Maria l'avait toujours attendu.... Oui, mais dans sa
lettre elle avait écrit : jusqu'à cinq heures et
demie... cinq heures, déjà! « Hé bé! ne poussez
pas comme ça, dites donc! » lui cria une dame

épaisse et furieuse dont le plumet chatouillait son nez. Dans le tram comble, surchauffé, il regretta d'avoir mis sa jaquette et, transpirant, eut peur d'avoir la figure sale, de sentir fort.

Six heures n'avaient pas encore sonné, lorsqu'il descendit devant l'église de Talence. Il hâta le pas d'abord, puis, fou d'inquiétude, se mit à courir bien que son cœur lui fît mal. Une nuée d'orage enténébrait le ciel. Le dernier taureau devait saigner sous ce ciel sombre. Entre les grilles des petits jardins, des branches de lilas poussiéreux attendaient la pluie comme des mains tendues. Le docteur courait sous des gouttes tièdes et espacées vers la femme qu'il voyait déjà sur la chaise longue et ne détachant pas tout de suite ses yeux du livre ouvert... Mais comme il approchait du portail, soudain il la vit qui sortait. Ils s'arrêtèrent. Elle était essoufflée : elle avait couru comme lui.

Elle dit, d'un air imperceptiblement dépité :

« J'avais écrit : cinq heures et demie. »

Il la couvrait d'un œil lucide :

« Vous avez quitté le deuil. »

Elle regarda sa robe d'été et répondit :

« Le mauve n'est pas du demi-deuil alors? »

Comme déjà tout était différent de ce qu'il avait imaginé! Une lâcheté immense lui inspira ces paroles :

« Puisque vous ne comptiez plus sur moi et
que vous êtes peut-être attendue ailleurs, ce sera
pour une autre fois. »

Elle répondit sur le ton le plus vif :

« Qui voulez-vous qui m'attende? Vous êtes
drôle, docteur. »

Elle remontait vers la maison et il la suivait,
elle laissait traîner sa robe de taffetas mauve
dans la poussière; comme elle baissait la tête,
il voyait sa nuque. Elle songeait que si elle avait
donné rendez-vous au docteur un dimanche,
c'était dans la persuasion que, ce jour-là, l'enfant inconnu ne prendrait pas le tram de six
heures. Mais tout de même, folle de joie et d'espoir parce que le docteur n'était pas venu à
l'heure fixée, elle avait couru à tout hasard, se
disant :

« N'y eût-il qu'une chance sur mille qu'il ait
pris le tram habituel, à cause de moi... Ah! ne
pas manquer cette joie... » Hélas! elle ne saurait
jamais si l'enfant inconnu, ce dimanche-là, avait
été triste dans le tram de six heures, en ne la
voyant pas. La pluie lourde s'écrasait sur les
marches du perron qu'elle gravit en hâte, et
elle entendait derrière elle souffler le vieux. Ah!
l'importunité de ces êtres, à qui notre cœur ne
s'intéresse pas, et qui nous ont choisis, et que
nous n'avons pas choisis! — si extérieurs à nous,

dont nous ne désirons rien savoir, dont la mort nous serait aussi indifférente que la vie... et pourtant ce sont ceux-là qui remplissent notre existence.

Ils traversèrent la salle à manger, elle poussa les volets du salon, enleva son chapeau, s'étendit, sourit au docteur qui cherchait désespérément quelque lambeau des phrases préparées. Elle lui dit :

« Vous êtes essoufflé... Je vous ai fait marcher trop vite.

— Je ne suis pas si vieux. »

Il leva les yeux, comme il faisait toujours, vers la glace au-dessus de la chaise longue. Hé quoi, ne se connaissait-il pas encore? Pourquoi, à chaque fois, ce coup au cœur, cette stupeur désolée s'il se fût comme attendu à voir sa jeunesse lui sourire? Et déjà il demandait : « Et cette santé? » sur ce ton paternel et un peu grave qu'il prenait toujours quand il parlait à Maria Cross. Elle ne s'était jamais sentie aussi bien portante, et elle éprouvait à l'annoncer au docteur un plaisir qui la payait de sa déception. Non, l'enfant inconnu, aujourd'hui dimanche, ne devait pas être dans le tram. Mais demain, demain il y serait sans doute, et déjà elle était toute tournée vers cette joie future, vers cet espoir chaque jour déçu et renaissant qu'il se passerait peut-être du nouveau, qu'il lui adresserait la parole enfin.

« Vous pouvez, sans inconvénient, interrompre vos piqûres... (il regardait dans la glace cette barbe clairsemée, ce front aride et se souvint des paroles brûlantes qu'il avait préparées).

— Je dors, je ne m'ennuie plus, figurez-vous, docteur : et pourtant, je n'ai envie de rien lire. Je ne saurais venir à bout du *Voyage de Sparte* : vous pouvez le reprendre.

— Vous ne voyez toujours personne?

— Pensez-vous que je sois femme à me commettre, tout d'un coup, avec les maîtresses de ces messieurs — moi qui les ai fuies jusqu'à présent comme la peste? Je suis seule à Bordeaux de mon espèce, vous le savez bien : je ne peux frayer avec personne. »

Oui, elle l'avait dit souvent, mais comme une plainte, et jamais d'un air si paisible, si heureux. Le docteur discernait que cette longue flamme ne s'étirait plus vers le ciel, qu'elle ne brûlait plus en vain, qu'elle avait trouvé tout près de la terre un aliment inconnu de lui. Il ne put se retenir de dire d'un ton agressif que si elle ne voyait pas ces dames, elle voyait quelquefois ces messieurs. Il se sentit rougir, entrevit que la conversation pouvait prendre le tour qu'il avait

si ardemment désiré; et en effet, Maria demanda en riant :

« Ah! ça, docteur, seriez-vous jaloux? Mais
c'est qu'il me fait une scène de jalousie!... Non,
rassurez-vous, je plaisante, — ajouta-t-elle aussitôt, — je sais qui vous êtes. »

Comment douter qu'elle avait voulu rire en
effet, et qu'elle n'aurait pu même imaginer que
le docteur éprouvât un sentiment de cet ordre?
Elle l'observait avec inquiétude :

« Je ne vous ai pas blessé?

— Si, Maria, vous m'avez blessé. »

Mais elle ne comprit pas de quelle blessure
il voulait parler, protesta de son respect, de sa
vénération : ne s'était-il pas abaissé jusqu'à elle?
N'avait-il pas daigné parfois l'élever jusqu'à lui?
D'un geste aussi faux que l'était cette phrase,
elle saisit la main du docteur, l'approcha de ses
lèvres. Il la retira brusquement. Maria Cross
froissée se leva, s'approcha de la fenêtre, et elle
regardait le jardin noyé. Le docteur s'était levé
aussi; elle lui dit sans se retourner :

« Attendez la fin de l'averse. »

Il demeurait debout dans le salon sombre. En
homme méthodique, il usait de cette minute
atroce pour arracher de lui tout désir, tout espoir. Eh bien, oui, c'était fini; tout ce qui touchait à cette femme ne le concernait plus; il

était hors du jeu. Sa main fit, dans le vide, le
geste de déblayer. Maria se retourna pour lui
crier :

« Il ne pleut plus. »

Et comme il demeurait immobile, elle ajouta
que ce n'était pas pour le mettre à la porte, mais
qu'il ferait bien de ne point laisser passer cette
éclaircie. Elle lui offrit un parapluie qu'il
accepta d'abord, puis refusa parce qu'il s'en
voulait d'avoir pensé : « Il faudra le rapporter;
ce sera une occasion de revenir. »

*

Il ne souffrait pas; il jouissait de l'orage finissant, pensait à lui-même, ou plutôt à cette part
de lui-même comme à un ami dont on accepte
la mort en songeant qu'il ne souffre plus. La
partie était jouée et perdue; il n'y avait plus à
revenir là-dessus; rien ne devait plus compter
pour lui que son travail. Hier, on lui avait télé-
phoné du laboratoire que le chien n'avait pas
survécu à l'ablation du pancréas. Robinson
pourra-t-il s'en procurer un autre à la fourrière?
Les trams passaient chargés d'une foule éreintée
et chantante; mais il était content de marcher
dans cette banlieue pleine de lilas et qui sentait
la vraie campagne à cause de la pluie d'orage,

du crépuscule. Fini de souffrir; fini de se jeter
comme un forcené contre le mur de son cachot.
Cette force toute-puissante, depuis son enfance,
que l'approche de tant de créatures avait épan-
due hors de lui, il la ramenait, il la refoulait au
plus profond de son être. Renonciation totale.
En dépit des panneaux-réclames, des rails luisants, en dépit des cyclistes courbés sur le guidon où étaient ficelés des lilas flétris, la banlieue
se muait en campagne, les bars devenaient des
auberges pleines de muletiers qui repartiraient
au clair de lune; — et ils rouleraient toute la
nuit comme des morts, étendus dans leurs char-
rettes, face aux étoiles. Sur les seuils, des enfants
déjà paysans jouaient avec des hannetons en-
gourdis. Ne plus se jeter contre ce mur. Depuis
combien d'années s'était-il usé à ce morne
assaut? Il se revit sanglotant (il y avait presque
un demi-siècle) au chevet de sa mère, un matin
de rentrée; et elle lui criait : « Tu n'as pas
honte de pleurer, petit paresseux, petit imbécile? » et elle ne savait pas qu'il n'y avait rien
d'autre en lui que le désespoir de se séparer
d'elle; et depuis... Il ébaucha encore le geste de
déblayer, de faire place nette : « Voyons, se
dit-il, demain matin... » et comme il se fût fait
une piqûre de morphine, il s'inocula le souci
quotidien : ce chien mort... tout à recommencer.

Mais ne devait-il avoir enregistré assez de faits,
à cette heure, pour que son hypothèse fût confir-
mée? Que de temps perdu! quelle honte! Lui
qui ne se doutait pas que le genre humain fût
intéressé à chacun de ses gestes dans son laboratoire, qu'il avait gâché de journées! La science
exige d'être servie avec passion, elle ne souffre
pas de partage : « Ah! je ne serai jamais qu'un
demi-savant. » Il crut voir un feu entre les branches et c'était la lune qui se levait. Les arbres
apparurent qui cachaient la maison où étaient
réunis ceux qu'il avait le droit d'appeler : *les
miens*. Combien de fois déjà avait-il trahi le ser-
ment qu'alors il renouvela dans son cœur : « A
partir de ce soir, je rendrai Lucie heureuse? » Et
il hâtait le pas, impatient de se prouver que,
cette fois, il saurait ne pas faiblir. Il voulut songer à leur première rencontre, il y avait vingt-
cinq ans, dans un jardin d'Arcachon, — rencontre arrangée par un de ses confrères. Mais,
ce qu'il découvrit en lui, ce ne fut pas la
fiancée de ces temps lointains, cette pâle photo-
graphie effacée, — ce qu'il vit, ce fut une jeune
femme qui a pris le demi-deuil, folle de joie
parce qu'il est en retard, et qui se hâte vers un
autre... quel autre? Le docteur sentit une douleur aiguë, s'arrêta une seconde, et soudain cou-
rut pour élargir la distance entre lui et cet être

qu'aimait Maria Cross; et il en éprouvait en
effet du soulagement, comme si chaque pas ne
l'eût à son insu rapproché de ce rival inconnu...
Ce fut pourtant ce soir-là qu'à peine passé le
seuil de la salle à manger, au moment où Raymond et son beau-frère étaient aux prises, il eut
conscience de cet épanouissement, et de ce
brusque printemps dans l'étranger qu'il avait
mis au monde.

*

On s'était levé de table; les enfants tendaient
le front aux lèvres distraites des grandes personnes. Ils gagnèrent leurs chambres, escortés de
la mère, de la grand-mère, de l'aïeule. Raymond
s'était rapproché de la porte-fenêtre. Le docteur
fut frappé du geste qu'il eut pour prendre une
cigarette dans un étui de cuir, pour la tasser et
l'allumer; un bouton de rose pendait à sa bou-
tonnière, ses pantalons avaient le pli qu'il fallait.
Le docteur songea : « C'est étonnant comme il
ressemble à mon pauvre père... » Oui, c'était
le portrait de ce chirurgien qui, jusqu'à près de
soixante-dix ans, dilapida pour les femmes la
fortune que lui avait value la pratique de son
art. Il avait été le premier à introduire à Bor-

deaux les bienfaits de l'antisepsie; jamais il n'avait prêté la moindre attention à son fils qu'il n'appelait que « le petit » comme s'il ne se fût pas souvenu de son prénom. Une femme l'avait ramené un soir, la bouche tordue et bavante; on ne retrouva ni sa montre, ni son portefeuille, ni la bague en brillants de son petit doigt. « Je n'ai hérité de lui qu'un cœur capable de passion, mais pas le don de plaire... ce sera pour son petit-fils. »

Le docteur regardait Raymond tourné vers le jardin — cet homme qui était son fils. Après ce jour de fièvre, il aurait aimé se confier, ou plutôt s'attendrir; demander à son enfant : « Pourquoi ne nous parlons-nous jamais? Crois-tu que je ne saurais pas te comprendre? Y a-t-il si loin d'un père à un fils? Qu'est-ce donc que les vingt-cinq années qui les séparent? J'ai le même cœur qu'à vingt ans, et tu es sorti de moi : il y a des chances pour que nous ayons en commun des inclinations, des dégoûts, des tentations... ce silence entre nous, qui le rompra le premier? » L'homme et la femme, aussi éloignés qu'ils puissent être l'un de l'autre, se rejoignent dans une étreinte. Et même une mère peut attirer la tête de son grand fils et baiser ses cheveux; mais le père, lui, ne peut rien, hors le geste que fit le docteur Courrèges posant la main sur l'épaule

de Raymond, qui tressaillit et se retourna. Le
père déroba ses yeux et demanda :

« Pleut-il encore? »

Raymond, debout sur le seuil, tendit le bras
vers la nuit :

« Non, il ne pleut plus. »

Il ajouta, sans tourner la tête : « Bonsoir... »
et le bruit de ses pas décrut.

A ce moment, Mme Courrèges demeura stu-
péfaite parce que son mari lui demandait de
faire un tour au jardin. Elle dit qu'elle allait
chercher un châle. Il l'entendit monter, puis
descendre avec une hâte inaccoutumée.

« Prends mon bras, Lucie, la lune est cachée,
on n'y voit goutte...

— Mais l'allée est blanche. »

Comme elle s'appuyait un peu à lui, il remar-
qua que la chair de Lucie avait la même odeur
qu'autrefois quand ils étaient fiancés et qu'ils
demeuraient assis sur un banc, ces longs
soirs de juin... c'était le parfum même de
ses fiançailles que cette odeur de chair et
d'ombre.

Il lui demanda si elle n'avait pas remarqué
ce grand changement dans leur fils. Non, elle le
trouvait toujours aussi maussade, grognon, buté.
Il insista : Raymond se laissait moins aller; il

avait plus de maîtrise sur soi, — quand ce ne serait que ce soin nouveau qu'il avait de sa tenue.

« Ah! oui, parlons-en; Julie bougonnait hier parce qu'il exige qu'elle repasse, deux fois par semaine, ses pantalons.

— Tâche de raisonner Julie qui a vu naître Raymond...

— Julie est dévouée; mais le dévouement a des limites. Madeleine a beau dire : ses domestiques ne font rien. Julie a mauvais caractère, c'est entendu; mais je comprends qu'elle soit furieuse d'être obligée de faire l'escalier de service et une partie du grand escalier. »

Un rossignol parcimonieux ne donna que trois notes. Ils traversaient le parfum d'amande amère d'une aubépine. Le docteur reprit à mi-voix :

« Notre petit Raymond...

— Nous ne remplacerons pas Julie, voilà ce qu'il faut se répéter. Tu me diras qu'elle fait partir toutes les cuisinières; mais bien souvent, c'est elle qui a raison... Ainsi Léonie... »

Il demanda résigné :

« Quelle Léonie?

— Tu sais bien, cette grosse... non, pas la dernière... celle qui n'est restée que trois mois; elle ne voulait pas faire la salle à manger. Ce n'était pourtant pas le travail de Julie... »

Il dit : « Les domestiques de maintenant ne sont pas ceux d'autrefois. »

Il sentait en lui descendre une marée — un reflux qui entraînait des confidences, des aveux, des abandons, des larmes.

« Nous ferions mieux de rentrer...

— ... Madeleine me répète que la cuisinière lui fait la tête! mais ce n'est pas à cause de Julie. Cette fille veut de l'augmentation; ici elles n'ont pas autant de bénéfice qu'à la ville, bien que nous ayons de très gros marchés : sans cela, elles ne resteraient pas.

— Je vais rentrer.

— Déjà? »

Elle sentit qu'elle l'avait déçu, qu'elle aurait dû attendre, le laisser parler, elle murmura :

« Nous ne causons pas si souvent... »

Au-delà des misérables paroles qu'elle accumulait en dépit d'elle-même, au-delà de ce mur que sa vulgarité patiente avait édifié jour par jour, Lucie Courrèges entendait l'appel étouffé de l'enterré vivant, oui, elle percevait ce cri de mineur enseveli, et en elle aussi, à quelle profondeur! une voix répondait à cette voix, une tendresse s'agitait.

Elle fit le geste d'incliner la tête sur l'épaule de son mari, devina son corps rétracté, cette figure close, leva les yeux vers la maison, ne put se défendre de remarquer :

« Tu as encore laissé l'électricité allumée chez toi. »

Et elle regretta cette parole aussitôt. Il hâta le pas pour s'éloigner d'elle, gravit rapidement le perron, soupira d'aise parce que le salon était désert, et put gagner, sans avoir rencontré personne, son cabinet. Là, enfin, assis devant la table, il pétrit à deux mains sa face exténuée, puis fit encore le geste de déblayer... C'était ennuyeux que ce chien fût mort; on ne s'en procurait pas si aisément. Mais, d'autre part, avec toutes ces histoires idiotes, il n'avait pas suivi les choses d'assez près. « Je m'en suis trop remis à Robinson... Il a dû se tromper de date pour la dernière injection. » Mieux valait tout recommencer sur nouveaux frais... Ce serait bien assez, désormais, que Robinson prît la température de la bête, recueillît et analysât les urines.

VI

Une interruption de courant arrêtait les tramways et ils étaient immobiles au long des boulevards, pareils à de jeunes chenilles processionnaires. Il fallut cet incident pour que Raymond Courrèges et Maria Cross se fissent signe enfin. Pourtant, au lendemain de ce dimanche où ils ne s'étaient pas vus, l'angoisse de ne plus se rejoindre jamais les avait tourmentés tous les deux, et chacun avait résolu de faire le premier pas. Mais elle voyait en lui un écolier candide et qui se scandalise d'un rien, et lui comment eût-il osé parler à une femme? A travers la foule il devina sa présence, bien que pour la première fois elle fût vêtue d'une robe claire; et elle, un peu myope, le reconnut de loin, car il avait dû, ce jour-là, pour quelque cérémonie, revêtir l'uniforme du collège, et sa pèlerine pas attachée était jetée avec négligence sur les épaules (pour imiter les élèves de l'Ecole de Santé Navale.)

Des voyageurs montaient dans le tramway, décidés à attendre; d'autres s'éloignaient par groupes. Raymond et Maria se rejoignirent près du marchepied. Elle dit à mi-voix, sans le regarder, de façon qu'il pût croire qu'elle ne s'adressait pas à lui :

« Après tout, je n'ai pas si loin à aller... »

Et lui, la tête un peu détournée, les joues en feu :

« Pour une fois, ce ne serait pas désagréable de faire la route à pied. »

Alors elle osa fixer les yeux sur ce visage que jamais elle n'avait vu de si près :

« Depuis le temps que nous revenons ensemble, il ne faut pas perdre l'habitude. »

Ils firent quelques pas en silence. Elle regardait à la dérobée cette joue brûlante, cette chair trop jeune que le rasoir faisait saigner. D'un geste encore puéril, il soutenait sur ses reins, à deux mains, une serviette usagée, pleine de livres; et l'idée s'ancra en elle que c'était presque un enfant; elle en éprouva une émotion confuse, faite de scrupule, de honte et de délice. Lui se sentait perclus de timidité, paralysé comme naguère lorsqu'il lui paraissait surhumain de franchir le seuil d'une boutique; il était stupéfait d'être plus grand qu'elle; la paille mauve du chapeau lui cachait presque tout le visage, mais il voyait le cou nu, l'épaule un peu hors de la robe. La terreur lui vint de ne pas trouver un seul mot pour rompre le silence, de gâcher cette minute :

« C'est vrai que vous n'habitez pas loin...

— Oui, l'église de Talence est à dix minutes des boulevards. »

Ayant tiré de sa poche un mouchoir taché d'encre, il s'essuya le front, vit l'encre, cacha le mouchoir.

« Mais vous, peut-être, monsieur, avez-vous un plus long trajet...

— Oh! non : je descends peu après l'église. » Et il ajouta très vite :

« Je suis le fils Courrèges.

— Le fils du docteur? »

Il dit avec élan :

« Il est connu, n'est-ce pas? »

Comme elle avait levé la tête pour le regarder, il vit qu'elle avait pâli. Cependant elle disait :

« Le monde est petit, décidément... surtout ne lui parlez pas de moi.

— Je ne lui parle jamais de rien; et d'ailleurs je ne sais pas qui vous êtes.

— Mieux vaut que vous ne le sachiez pas. »

De nouveau, elle le couva d'un long regard : le fils du docteur! ce ne pouvait être qu'un col-

légien très naïf, très pieux. Il fuirait avec
horreur quand il connaîtrait son nom. Comment
aurait-il pu l'ignorer? Le petit Bertrand Larousselle avait été élevé jusqu'à l'année dernière
dans le même collège... le nom de Maria Cross
y devait être fameux... Il insistait, moins par
curiosité que par peur du silence.

« Si, si, dites-moi votre nom... Moi je vous ai
bien dit le mien... »

Au seuil d'une boutique, la lumière horizon-
tale embrasait des oranges dans une vannerie.
Les jardins étaient comme englués de poussière;
un pont traversait la voie qui naguère émouvait
Raymond parce que les trains y roulent vers
l'Espagne. Maria Cross songeait : « Me nommer,
c'est peut-être le perdre... mais n'est-ce pas mon
devoir de l'éloigner? » Elle souffrait et jouissait
de ce débat. Elle souffrait réellement mais
éprouvait une satisfaction obscure à murmurer :
« C'est tragique... »

« Quand vous saurez qui je suis... » (elle ne
put se défendre de songer au mythe de Psyché, à
Lohengrin).

Il éclata de rire trop bruyamment — mais
avec abandon enfin :

« On se rencontrerait tout de même dans le
tram... Vous vous êtes aperçue que je fais exprès
de prendre celui de six heures... non? quelle

blague? parce que, vous savez, quelquefois j'arrive assez tôt pour celui de moins le quart... mais
je fais exprès de le laisser filer à cause de vous.
Et même hier, je suis parti après le quatrième
taureau pour ne pas vous rater; et justement
vous n'y étiez pas; et il paraît que Fuentes a été
prodigieux pour son dernier. Maintenant qu'on
s'est parlé, qu'est-ce que vous voulez que ça y
fasse, comment vous vous appelez? Avant, je me
fichais de tout... Depuis que je sais que vous me
regardez... »

Ce langage que Maria eût jugé si bassement
vulgaire chez un autre, elle y trouvait un goût
de verdeur délicieux et plus tard, chaque fois
qu'elle traverserait la route à cet endroit, elle
se souviendrait de ce que déchaînèrent en elle
ces misérables paroles de l'écolier, une tendresse,
un bonheur...

« Il faudra bien que vous me le disiez votre
nom... et puis je n'aurai qu'à le demander à
papa. Ce sera facile; une dame qui descend toujours devant l'église de Talence.

— Je vous le dirai; mais il faut me jurer que
vous ne parlerez jamais de moi au docteur. »

Elle se doutait, maintenant, que son nom ne
l'éloignerait pas; mais elle feignit de se croire encore menacée : « Remettons-nous-en au destin »,
se disait-elle — parce qu'au fond elle était sûre

de gagner. Un peu avant d'atteindre l'église, elle voulut qu'il partît seul : « A cause des fournisseurs qui la reconnaîtraient et feraient des histoires ».

« Oui, mais pas avant de savoir... »

Elle prononça vite, sans le regarder :

« Maria Cross.

— Maria Cross? »

Elle fit avec son ombrelle des trous dans la terre, et ajouta très vite :

« Attendez de me connaître... »

Il la regardait, ébloui :

« Maria Cross! »

C'était là cette femme dont il avait entendu murmurer le nom, un jour d'été, sur les Allées de Tourny, à l'heure du retour des courses... Elle passait dans sa calèche à deux chevaux... quelqu'un, près de lui, répétait : « Ces femmes-là, tout de même! » Et soudain il se rappela aussi l'époque où un traitement de douches l'obligeait à quitter le collège dès quatre heures : il dépassait sur la route le jeune Bertrand Larousselle, plein de morgue déjà, ses longues jambes guêtrées de cuir fauve; tantôt un domestique l'escortait et tantôt un prêtre, ganté de noir et le col haut. Entre tous les « grands », Raymond jouissait, chez les « moyens », d'un affreux prestige; le pieux et pur Bertrand dévo-

rait des yeux, lorsqu'il passait près de lui, le
« sale type », sans se douter qu'aux yeux du
sale type, il était lui-même un enfant mystérieux. Mme Victor Larousselle vivait encore à
cette époque, et des bruits absurdes couraient la
ville et le collège : Maria Cross, disait-on, voulait se faire épouser et exigeait de son amant
qu'il mît sur la paille tous les siens; d'autres
assuraient qu'elle attendait que Mme Larousselle fût morte de son cancer, pour pouvoir se
marier à l'église. Plusieurs fois, derrière la vitre
d'un coupé, Raymond avait aperçu, auprès de
Bertrand, cette mère exsangue dont les dames
Courrèges et Basque disaient : « En voilà une
qui a souffert! Quelle dignité dans son martyre!
On peut dire qu'elle fait son purgatoire sur la
terre... Moi, un homme comme ça, je lui cra-
cherais mon mépris à la figure et je le planterais
là... » Un jour, Bertrand Larousselle sortit seul;
il entendait derrière lui siffler le sale type, et il
se hâtait; mais Raymond réglait son pas sur le
sien et ne quittait pas des yeux le pardessus
court ni la casquette d'une étoffe anglaise si
jolie. Que tout ce qui touchait à cet enfant lui
paraissait précieux! Le petit Bertrand s'étant mis
à courir, un cahier glissa de sa serviette; quand
il s'en aperçut, Raymond déjà l'avait ramassé;
l'enfant revint sur ses pas, blême de peur et de

colère : « Rendez-le-moi! » Mais Raymond rica-
nait, lisait à mi-voix sur la couverture : *Mon
Journal*.

« Ça doit être bien intéressant, le journal du
petit Larousselle...

— Rendez-le-moi. »

Raymond, au pas de course, franchit le portail du Parc Bordelais, prit une allée déserte;
derrière lui, il entendait une pauvre voix haletante : « Rendez-le-moi! je le dirai! » Mais le
sale type, à l'abri d'un massif, narguait le petit
Larousselle maintenant à bout de souffle et qui,
couché dans l'herbe, pleurait à gros sanglots.

« Tiens, le voilà, ton cahier... ton journal...
idiot! »

Il relevait l'enfant, lui essuyait les yeux,
époussetait le pardessus anglais. Quelle douceur
inattendue, chez ce brutal! Le petit Larousselle
y paraissait sensible et déjà souriait à Raymond
qui, soudain, ne put résister à une fantaisie gros-
sière :

« Dis, tu l'as vue quelquefois, Maria Cross? »

Bertrand écarlate avait ramassé sa serviette et
pris le large sans que Raymond eût songé à le
poursuivre.

Maria Cross... c'était elle qui le dévorait des
yeux maintenant... Il l'aurait crue plus grande,

plus mystérieuse. Cette petite femme en mauve, c'était Maria Cross. Voyant le trouble de Raymond, elle se méprit, balbutia :

« Ne croyez pas... N'allez pas surtout croire... »

Elle tremblait devant ce juge qui lui paraissait angélique; elle ne discernait pas l'âge de l'impureté, ne savait pas que le printemps est souvent la saison de la boue et que cet adolescent pouvait n'être que souillure. Elle n'eut pas la force de supporter le mépris qu'elle imaginait dans le garçon; et sur un adieu jeté presque à voix basse, déjà elle fuyait; mais il la rejoignit :

« A demain soir, n'est-ce pas, au même tramway?

— Vous le voulez? »

En s'éloignant, elle se retourna deux fois vers lui immobile et qui songeait : « Maria Cross a le béguin pour moi. » Il répétait, comme s'il ne pouvait croire à sa fortune : « Maria Cross a le béguin pour moi. »

Il respirait le soir comme si l'essence de l'univers y eût été contenue et qu'il se fût senti capable de l'accueillir dans son corps dilaté. Maria Cross avait le béguin pour lui... Le dirait-il à ses camarades? mais aucun ne voudrait le croire. Déjà apparaissait l'épaisse prison de feuilles où les membres d'une seule famille vivaient aussi confondus et séparés que les mondes dont est faite la Voie Lactée. Ah! cette cage n'était pas à la mesure de son orgueil, ce soir. Il la contourna, s'enfonça dans le couvert d'un bois de pins, le seul qui ne fût pas clôturé et qu'on appelait le Bois de Berge. La terre où il se coucha était plus chaude qu'un corps. Les aiguilles de pin creusèrent dans ses paumes des signes.

*

Quand il entra dans la salle à manger, son père coupait les pages d'une revue et répondait à une observation de sa femme :

« Je ne lis pas : je regarde les titres. »

Nul ne parut entendre le bonjour de Raymond que sa grand-mère :

« Eh! c'est mon drôle... »

Et comme il passait près de sa chaise, elle le retint et l'attira :

« Tu sens la résine.

— J'ai été dans le Bois de Berge »

Elle le toisa avec complaisance et marmonna, sur un ton de tendresse, cette injure : « Canaille! »

Il lampait sa soupe à grand bruit, comme un chien. Tous ces gens, qu'ils lui paraissaient pe-

tits! Il planait dans le soleil. Seul son père lui
semblait proche : il connaissait Maria Cross,
lui! il avait été chez elle, l'avait soignée, l'avait
vue au lit, avait appuyé sa tête contre sa poitrine et son dos... Maria Cross! Maria Cross! ce
nom l'étouffait comme un caillot de sang; il en
sentait dans sa bouche la douceur chaude et
salée; et enfin le tiède flot de ce nom gonfla ses
joues, lui échappa :

« J'ai vu Maria Cross, ce soir. »

Le docteur aussitôt le dévisagea d'un regard
fixe. Il demanda :

« Comment as-tu su que c'était elle?

— J'étais avec Papillon qui la connaît de
vue.

— Oh! oh! — s'écria Basque, — Raymond
pique un fard! »

Une petite fille répéta :

« Oui, oui, tonton Raymond pique un
fard! »

Il remuait les épaules en bougonnant. Son
père, les yeux détournés, posa encore une question :

« Elle était seule? »

Et comme Raymond répondait : « seule », le
docteur recommença de couper les pages. Cependant Mme Courrèges disait :

« C'est curieux que ces femmes-là vous inté-

ressent plus que les autres. Qu'y a-t-il d'extraordinaire à avoir vu passer cette créature? Du
temps qu'elle était femme de chambre, vous ne
l'auriez même pas regardée. »

Le docteur l'interrompit :

« Mais elle n'a jamais été femme de chambre,
voyons!

— D'ailleurs, — proclama Madeleine brusquement, — cela n'aurait rien eu de déshono-
rant pour elle, bien loin de là! »

Et comme la bonne venait de sortir, empor-
tant un plat, elle interpella sa mère avec
aigreur :

« On dirait que tu fais exprès d'indisposer les
domestiques, de les blesser. Irma est justement
très susceptible.

— C'est incroyable... Il faut prendre des gants
maintenant...

— Traite tes domestiques comme il te plaira;
mais ne fais pas partir ceux des autres... surtout
quand tu les obliges de servir à table.

— Comme si tu te gênais avec Julie... toi qui
passes pour ne pas pouvoir garder une domestique... Tout le monde sait que lorsque les
miens s'en vont, c'est à cause des tiens... »

La rentrée de la servante interrompit le débat qui reprit en sourdine dès qu'elle eut rega-
gné l'office. Raymond observait avec complai-

sance son père : si Maria Cross avait été femme
de chambre, eût-elle existé encore à ses yeux?
Soudain, le docteur leva la tête, et, sans regarder
personne, prononça :

« Maria Cross est la fille de cette institutrice
qui dirigeait l'école de Saint-Clair lorsque ton
cher M. Labrousse y était curé, Lucie.

— Quoi? cette harpie qui lui a fait tant de
misères? qui avait préféré ne plus aller à la
messe plutôt que de ne plus occuper avec ses
élèves les premiers rangs de la grand-nef? Eh
bien, ça ne m'étonne pas. Bon sang ne peut
mentir.

— Tu te rappelles, — dit Mme Courrèges
mère, — ce pauvre M. Labrousse racontait que
le soir des élections où le marquis de Lur-Salu-
ces avait été battu par un petit avocat de Bazas,
l'institutrice était venue le narguer avec toute
sa bande sous les fenêtres du presbytère, et qu'à
force d'avoir tiré des bombes en l'honneur du
nouveau député, elle avait les mains noires de
poudre...

— Tout ça, c'est du joli monde. »

Mais le docteur ne les écoutait plus; et au
lieu de monter comme chaque soir à son cabinet,
il suivit Raymond au jardin.

Le père et le fils avaient envie de causer, ce
soir. Une force, à leur insu, les rapprochait.

comme s'ils eussent détenu le même secret. Ainsi se cherchent et se reconnaissent des initiés, des complices. Chacun découvrait dans l'autre l'être unique avec qui s'entretenir de ce qui lui tenait le plus au cœur. Comme deux papillons séparés par des lieues se rejoignent sur la boîte où est enfermée la femelle pleine d'odeur, eux aussi avaient suivi les routes convergentes de leurs désirs, et se posaient côte à côte sur Maria Cross invisiblé.

« Raymond, tu as une cigarette? J'ai oublié le goût du tabac... Merci... Nous faisons un tour? »

Il s'écoutait lui-même avec stupeur, pareil à ce faux miraculé qui voit soudain la plaie se rouvrir qu'il avait crue guérie. Ce matin encore, au laboratoire, il éprouvait cette allégeance qui enchante le fidèle après qu'il a été absous; cherchant dans son cœur la place de sa passion, il ne la trouvait plus. De quel accent solennel et un peu prud'hommesque, s'était-il adressé à Robinson qu'une girl des Bouffes, depuis le printemps, avait parfois détourné de sa besogne! « Mon ami, le savant qui possède l'amour de la recherche et qui a l'ambition de se faire des titres, regardera toujours comme du temps perdu les heures, les minutes accordées à la passion... » Et comme Robinson, ayant rejeté en arrière ses cheveux rebelles et essuyé les verres de son binocle sur la blouse brûlée par les acides, risquait :

« L'amour, tout de même...

— Non, mon cher, chez le vrai savant il est impossible que, sauf éclipses passagères, la science ne l'emporte pas sur l'amour. La rancœur lui restera toujours des satisfactions plus hautes qu'il eût goûtées, si toute son ardeur s'était portée vers le but scientifique.

— Il est certain, avait répondu Robinson, que la plupart des grands savants ont pu être des sexuels; je n'en vois guère qui aient été de vrais passionnés. »

Cette approbation de son disciple, le docteur comprenait, ce soir, pourquoi elle l'avait fait rougir. Un mot de Raymond avait suffi : « J'ai vu Maria Cross » pour que bougeât en lui la passion qu'il avait crue morte. Ah! elle n'était qu'engourdie... une parole entendue l'éveille, la nourrit; et la voici qui s'étire, et bâille, et se redresse. Faute d'étreindre ce qu'elle désire, elle s'assouvira de paroles. Oui, coûte que coûte, le docteur parlera de Maria Cross.

Rapprochés par le désir de louer ensemble Maria Cross, le père et le fils, dès les premières paroles, ne s'entendirent plus : Raymond soutenait qu'une femme de cette envergure ne pou-

vait que faire horreur à de pauvres dévotes; il
l'admirait pour sa hardiesse, pour son ambition
sans frein, pour toute une vie dissolue qu'il imaginait. Le docteur protesta qu'elle n'avait rien
d'une courtisane et qu'il ne fallait pas en croire
le monde :

« Je la connais, Maria Cross! Je peux dire
que pendant la maladie de son petit François, et
depuis, j'ai été son meilleur ami... J'ai reçu ses
confidences...

— Pauvre papa! Ce qu'elle a dû se payer ta
tête! Non? »

Le docteur fit un effort, se maîtrisa, répondit
avec chaleur :

« Non, mon petit : elle se confiait à moi avec
une humilité extraordinaire. S'il y a un être au
monde dont on peut dire que ses actes ne lui
ressemblent pas, c'est bien Maria Cross. Elle a
été perdue par une indolence inguérissable. Sa
mère, l'institutrice de Saint-Clair, lui avait fait
préparer Sèvres, mais son mariage avec un aide-
major du 144ᵉ interrompit ses études. Pendant
ses trois ans de ménage, il n'y a rien eu à dire
sur son compte, et si son mari avait vécu, elle
eût été la plus honnête et la plus obscure des
femmes. On ne lui reprochait rien que cette
indolence qui la rend incapable de s'intéresser à
son intérieur. Il grondait un peu en rentrant,

me disait-elle, de n'avoir pour dîner qu'un plat
de nouilles réchauffé sur une lampe à alcool.
Elle préférait lire toute la journée, vêtue d'une
robe de chambre déchirée, les pieds nus dans ses
pantoufles. Cette prétendue courtisane, si tu savais ce qu'elle se fiche du luxe! Tiens, il n'y a
pas longtemps encore, elle a décidé de ne plus
se servir du coupé que lui avait donné Larousselle, et elle prend le tram comme tout le
monde... Qu'est-ce que tu as à rire? Je ne vois
pas ce que cela a de drôle... Mais ne ris donc
pas comme ça, c'est agaçant... Quand elle s'est
trouvée veuve avec un enfant et qu'il a fallu travailler, tu imagines assez comme cette « intellec-
tuelle » a dû se sentir démunie... Pour son
malheur, une amie de son mari l'a fait entrer
comme secrétaire chez Larousselle. Maria
n'avait aucune arrière-pensée; — mais, impi-
toyable pour ses employés, Larousselle ne lui fit
jamais une observation bien qu'elle fût toujours
en retard, et qu'elle n'abattît guère de besogne;
il n'en fallait pas plus pour la compromettre;
quand elle s'en aperçut, impossible de réagir...
elle était pour tous « la poule au patron », et
leur hostilité lui rendit la position intenable.
Elle en avertit Larousselle qui n'attendait que
ce moment. Il offrit à la jeune femme, jusqu'à
ce qu'elle eût une autre place, de surveiller

sa propriété aux portes de Bordeaux, qu'il n'avait pas pu, ou pas voulu louer, cette année-là...

— Et elle a trouvé ça tout ce qu'il y a de plus innocent?

— Non, évidemment, elle a bien vu où il voulait en venir; mais la pauvre femme avait la charge d'un loyer trop élevé pour ses moyens, et puis le petit François était atteint d'entérite et le médecin jugeait indispensable qu'il habitât la campagne; enfin elle se sentait si compromise déjà, qu'elle n'eut pas le courage de renoncer à une telle aubaine. Elle se laissa faire violence...

— C'est le cas de le dire.

— Tu ne sais pas de qui tu parles. Elle a résisté longtemps. Mais quoi? Elle ne pouvait défendre à Larousselle d'amener des gens, le soir; elle a été faible, inconséquente, en acceptant de présider ces dîners, je le reconnais. Mais ces fameux dîners du mardi, ces prétendues orgies, j'ai su comme ça se passait... Ils n'étaient scandaleux que parce qu'à ce moment-là l'état de Mme Larousselle avait empiré. Je te jure que Maria ignorait alors que la femme de son patron fût en danger. « Je n'ai pas eu conscience « de mal faire, me disait-elle, je n'avais encore « rien accordé à M. Larousselle, pas un baiser « — rien. Qu'y avait-il de répréhensible à pré-

« sider cette tablée d'imbéciles?... Sans doute
« éprouvais-je tout de même une sorte d'enivre-
« ment à briller devant eux... je jouais à l' « in-
« tellectuelle... » je sentais que le patron était
« fier de moi... Il avait promis de s'occuper du
« petit... »

— Alors elle t'a fait avaler ça! »

Quel naïf que son pauvre père! Mais il lui
en voulait surtout de réduire Maria Cross aux
proportions d'une petite institutrice honnête et
molle, — de lui abîmer sa conquête.

« Elle n'a cédé à Larousselle, qu'après la mort
de sa femme, par lassitude, par une sorte de
nonchalance désespérée, — oui, c'est bien le mot
et c'est elle qui l'a trouvé : *nonchalance désespérée;* sans illusions d'ailleurs, lucide, elle ne
crut ni à ses simagrées de veuf inconsolable, ni
même à ses vagues promesses de l'épouser un
jour. Elle connaissait trop ces messieurs, disait-
elle, pour garder là-dessus beaucoup d'illusions.
Comme maîtresse, elle lui faisait honneur; mais
comme épouse! Tu sais que Larousselle a mis le
petit Bertrand au collège de Normandie pour
que l'enfant ne soit pas exposé un jour à le
rencontrer avec Maria Cross. Au fond il ne la
considère pas comme d'une autre race que les
grues avec lesquelles il la trompe chaque jour.
D'ailleurs, leur intimité physique se réduit à

fort peu, je le sais, j'en suis sûr; cela, mon petit,
je te le certifie; quoique Larousselle soit fou de
Maria : il ne serait pas homme à ne l'afficher
que pour « la montre », comme on le croit à
Bordeaux. Mais elle se refuse à lui...

— Alors quoi? Maria Cross, c'est une sainte? »

Ils ne se voyaient pas; pourtant chacun devinait l'hostilité de l'autre, bien qu'ils parlassent
à mi-voix. Réunis une seconde par ce nom, Maria Cross, c'était lui qui de nouveau les séparait.
L'homme marchait, la tête levée; l'adolescent regardait la terre et poussait rageusement du pied
une pomme de pin.

« Tu me trouves bien sot... De nous deux,
mon petit, c'est toi pourtant le naïf. Ne croire
qu'au mal, c'est ne pas connaître les hommes.
Oui, tu as dit le mot : chez une Maria Cross
dont je sais les misères, une sainte se cache...
Oui, peut-être : une sainte... mais tu ne peux
comprendre.

— Laisse-moi rire!

— D'ailleurs tu ne la connais pas. tu ajoutes
foi à des racontars. Moi je la connais...

— Et moi... je sais ce que je sais.

— Que sais-tu? »

Le docteur s'était arrêté au milieu de l'allée
obscurcie par les marronniers; il serrait le bras
de Raymond.

« Mais lâche-moi donc! Je veux bien, moi, que Maria Cross se refuse à Larousselle... mais il n'y a pas que lui...

— Menteur! »

Raymond stupéfait murmura : « ah! ça... mais... » Un soupçon lui vint qui, à peine né, s'effaça, ou plutôt s'endormit. Lui non plus ne pouvait introduire l'amour dans l'image qu'il se faisait de ce père exaspérant certes, mais entre ciel et terre, et toujours tel qu'il apparaissait à ses yeux d'enfant : sans passions, sans péché, inaccessible au mal, incorruptible, au-dessus de tous les autres hommes. Il l'entendit dans les ténèbres haleter. Alors le docteur fit un effort surhumain et répéta sur un ton presque joyeux, goguenard :

« Oui, menteur! blagueur qui veux m'enle- ver des illusions... »

Et comme Raymond se taisait, il ajouta :

« Allons, raconte.

— Je ne sais rien.

— Tu as dit tout à l'heure : je sais ce que je sais. »

Il répondit qu'il parlait en l'air, du ton d'un homme résolu au silence. Le docteur n'insista plus. Aucun moyen d'être compris de ce fils, pourtant là encore, tout contre lui; et il sentait sa chaleur, son odeur de jeune animal.

« Moi je reste... Tu ne t'assieds pas un instant, Raymond? Voilà un souffle, enfin. »

Il assura qu'il préférait dormir. Quelques instants encore, le docteur entendit les coups de
pied que l'adolescent donnait à une pomme de
pin, — puis fut seul sous les épaisses feuilles pen-
dantes — attentif au cri d'ardeur et de tristesse que vers le ciel jetait la prairie. Se lever
fut un immense effort. L'électricité brûlait encore dans son cabinet : « Lucie doit croire que
je travaille... Que de temps perdu! J'ai cin-
quante-deux ans, non, cinquante-trois. Quels
ragots ce Papillon a-t-il pu?... » Il promenait ses
deux mains contre un marronnier où il se souvint que Raymond et Madeleine avaient gravé
leurs initiales. Et soudain, l'ayant entouré de ses
bras, il mit contre l'écorce lisse sa joue, les yeux
clos; puis se redressa enfin et, après qu'il eut
épousseté ses manches, arrangé à tâtons sa cra-
vate, marcha vers la maison.

Dans l'allée des vignes, Raymond cependant
jouait toujours à pousser du pied une pomme
de pin, les mains dans les poches et marmon-
nant : « Quel gobeur tout de même! on n'en
fait plus comme ça! » Ah! lui, il serait à la hauteur, ne s'en laisserait pas conter. Il ne songeait
pas à prolonger son bonheur jusqu'aux confins
de cette nuit pesante. Toutes les étoiles ne lui

eussent servi de rien, ni l'odeur des acacias. La nuit d'été battait en vain ce jeune mâle bien armé, sûr de sa force, à cette minute, sûr de son corps, indifférent à ce que le corps ne peut pas posséder.

VII

Travail, opium unique. Chaque matin, le docteur s'éveillait guéri, comme opéré de ce qui le
rongeait; il partait seul (dans la belle saison,
Raymond ne se servait plus de la voiture). Déjà,
en esprit, il habitait le laboratoire; et sa passion
n'était plus qu'un mal engourdi, dont il gardait
une conscience sourde; il aurait pu le réveiller
s'il l'avait voulu : en touchant l'endroit sensible,
il était sûr de s'arracher un cri. Mais hier, sa
plus chère hypothèse venait d'être contredite
par un fait, lui assurait Robinson : une longue
série de travaux était menacée d'anéantissement.
Quel triomphe pour X... qui avait dénoncé à la
Société de Biologie ses prétendues erreurs de
technique!

C'est la grande misère des femmes que rien
ne les détourne de l'obscur ennemi qui les
ronge. Alors qu'occupé à son microscope, le docteur ne sait plus rien de lui-même ni du monde.

prisonnier de ce qu'il observe, comme de sa
proie un chien à l'arrêt, Maria Cross, étendue
toutes persiennes closes, attend cette heure
unique du rendez-vous, brève flamme dans sa
journée terne. Mais cette heure même, qu'elle
est décevante! Il leur avait fallu renoncer bien
vite à faire route ensemble jusqu'à l'église de
Talence. Maria Cross allait au-devant de Raymond et le rejoignait non loin du collège, dans
une allée du Parc Bordelais; il se livrait moins
encore qu'il n'avait fait le premier jour, et sa
gaucherie ombrageuse acheva d'aider Maria à
se persuader qu'il était un enfant, bien que
parfois un rire, une allusion, un regard en des-
sous eussent pu la mettre en garde; mais elle
tenait à son ange. Avec des précautions infinies,
comme d'un oiseau sauvage et pur, elle s'en
approchait sur la pointe des pieds, et retenant
son souffle. Tout fortifiait en elle cette fausse
image : ces joues pour un rien rougissantes, et
cet argot d'écolier et, sur ce corps puissant, ce
reste d'enfance comme une buée. Elle était terri-
fiée par ce qui n'existait pas dans Raymond et
qu'elle y pensait découvrir; elle tremblait devant la candeur de ce regard, se reprochait d'y
avoir éveillé du trouble, une inquiétude Rien
ne l'avertissait qu'en sa présence il songeait seulement au parti qu'il devait prendre : louer un

garni? Papillon connaissait une adresse... mais
ce n'était pas assez bien pour une femme comme
ça. Papillon disait qu'au *Terminus* on peut
louer une chambre à la journée; il aurait fallu
se renseigner; mais Raymond avait passé et re-
passé devant le bureau de l'hôtel sans se résoudre à y pénétrer. Il entrevoyait d'autres diffi-
cultés, se faisait des montagnes...

Maria Cross songeait aussi, sans oser lui en
rien dire, à l'attirer chez elle. Mais cet enfant
farouche, son oiseau sauvage, elle se défendait
de le salir, fût-ce en pensée, — se persuadait
seulement que dans le salon étouffé d'étoffes, au
fond du jardin assoupi, leur amour s'épandrait
enfin en paroles, que cet orage se résoudrait en
pluie. Elle n'imaginait rien que peut-être le
poids de cette tête contre elle. Il serait un faon,
devenu familier à force de soins, et dont elle
sentirait dans ses paumes le museau tiède... Elle
entrevoyait une longue route, et ne voulait
connaître que les caresses les plus proches, les
plus chastes, et se défendait de songer aux étapes
devenues brûlantes, — à la forêt enfin dont les
êtres qui s'aiment écartent les branches pour
s'y perdre... Non, non, ils n'iraient pas si loin;
elle ne détruirait pas dans cet enfant ce qui la
bouleversait d'adoration et de peur. Comment

lui laisser entendre, sans l'effaroucher, qu'il pourrait venir cette semaine dans le salon étouffé d'étoffes et qu'il fallait profiter de ce que M. Larousselle faisait sa tournée en Belgique?...

*

Le docteur, à table, observe Raymond ce soir, et le regarde qui lampe sa soupe; il ne voit pas son fils, mais l'homme qui lui a dit à propos de Maria Cross : « Je sais ce que je sais... » Qu'est-ce que Papillon a bien pu raconter? Parbleu, comment douter qu'un inconnu occupe Maria? « Je m'obstine à attendre une lettre : il est trop clair qu'elle ne souhaite plus de me voir. C'est le signe qu'elle s'abandonne... à qui? Plus moyen d'approcher le petit. Insister pour qu'il parle, ce serait me trahir... » Son fils se lève à ce moment, passe la porte sans répondre à sa mère qui lui crie : « Où vas-tu? » Elle ajoute :

« Il va à Bordeaux presque tous les soirs, maintenant. Je sais qu'il demande la clef du portail au jardinier et qu'il rentre à deux heures par la fenêtre de la « souillarde ». Si tu voyais comme il répond à mes observations... C'est à toi d'intervenir; tu es d'une faiblesse! »

Le docteur n'a que la force de balbutier :

« La sagesse est de fermer les yeux. »

Il entend la voix de Basque : « Si c'était mon
fils, je te le dresserais... » Le docteur se lève à
son tour, gagne le jardin. S'il osait, il crierait :
« Rien n'existe pour moi que mon tourment. »
On ne pense jamais que ce sont les passions
des pères qui le plus souvent les séparent de
leurs fils.

Il rentre, s'assied devant sa table, ouvre un
tiroir, y prend une liasse de lettres, relit celles
que Maria lui écrivait il y a six mois : « *Rien ne
me rattache plus à la vie que le désir de devenir
meilleure... Il m'importe peu que ce soit dans
le secret et que le monde continue à me montrer du doigt; j'accepte l'opprobre....* » Le docteur
oublie qu'alors tant de vertu le désespérait et
que c'était son martyre que leurs rapports se
fussent établis dans le sublime, et qu'il enra-
geait enfin de sauver celle avec qui il lui eût été
si doux de se perdre. Il imagine la moquerie de
Raymond lisant cette lettre, s'en indigne, proteste à mi-voix comme s'il n'était pas seul. « Du
« chiqué? du « chiqué? » c'est l'expression chez
elle qui est toujours trop littéraire... mais au
chevet de son petit François mourant, était-ce
aussi du « chiqué » cette douleur si humble, ce
consentement à souffrir, comme si à travers les
préceptes kantiens rabâchés par sa mère, tout le
vieil héritage mystique lui était parvenu

intact?... Devant ce petit lit jonché de lis (quelle solitude autour de ce cadavre! quelle réprobation!) elle s'accusait, se frappait la poitrine, gémissait que tout était bien ainsi, se félicitait de ce que l'énfant n'avait pas eu le temps d'avoir honte d'elle... » Ici, l'homme de science intervenait : « Le vrai est qu'elle était sincère mais que tout de même il se mêlait à tant de grandeur une satisfaction, — oui, elle satisfaisait son goût de l'attitude. » Maria Cross avait toujours recherché les situations romanesques : ne s'était-elle pas mis en tête d'avoir une entrevue avec Mme Larousselle mourante? Le docteur avait eu bien de la peine à lui faire entendre que ces sortes de rencontres ne réussissent qu'au théâtre. N'empêche qu'il avait dû accepter de plaider la cause de la maîtresse auprès de l'épouse, et qu'il avait pu rapporter à Maria l'assurance qu'elle était pardonnée.

Le docteur, s'étant rapproché de la fenêtre et penché dans la demi-ténèbre, occupa son esprit à décomposer la rumeur nocturne : un crissement continu de grillons et de sauterelles, une mare coassante, deux crapauds, les notes interrompues d'un oiseau qui n'était peut-être pas un rossignol, le dernier tram. « Je sais ce que je sais », a dit Raymond. Qui a pu plaire à Ma-

ria Cross? Le docteur prononce des noms, les
rejette; elle avait en horreur ces gens-là. Mais
de qui n'avait-elle pas horreur? « Rappelle-toi
ce que t'a confié Larousselle, le jour qu'il est
venu faire prendre sa tension : « Entre nous,
elle n'aime pas ça... vous me comprenez, hein?
elle le supporte quand c'est moi parce que tout
de même, c'est moi... C'était roulant, les premiers temps, quand je réunissais ces messieurs.
Ils ont tous tourné autour d'elle; je m'y atten-
dais : quand un ami nous présente sa maîtresse,
nous pensons d'abord à la lui chiper, hein? Je
me disais : allez-y, mes bonshommes... ça n'a pas
traîné : ils ont été mis au pas. Personne qui
connaisse moins les choses de l'amour que Maria
et qui y prenne moins de plaisir; si je le dis,
c'est que je le sais. Une innocente, docteur! plus
innocente que la plupart des belles et honnêtes
dames qui la méprisent. » Larousselle avait dit
encore : « C'est parce que Maria ne ressemble à
aucune autre femme que je redoute toujours
qu'elle prenne en mon absence une décision
absurde; elle rêvasse toute la journée, ne sort
que pour aller au cimetière... Ne la croyez-vous
pas sous l'influence de quelque bouquin? »

« Oui, peut-être un bouquin, — songe le docteur; mais non, je le saurais : c'était ma partie,
cela! Un bouquin bouleverse la vie d'un homme

quelquefois, et encore! ça se dit... mais d'une
femme? Allons donc! Nous ne sommes jamais
troublés profondément que par ce qui vit —
que par ce qui est sang et chair. Un bouquin? »
Il secoua la tête. Bouquin éveilla dans son esprit
le mot bouquetin; et il vit se dresser, auprès de
Maria Cross, un chèvre-pied.

Des chats pleuraient longuement dans l'herbe.
Un pas fit craquer le gravier de l'allée, une
fenêtre fut ouverte : Raymond rentrait sans
doute. Puis le docteur entendit marcher dans le
couloir; on frappa à sa porte; c'était Madeleine.
« Papa, tu ne dors pas? C'est pour Catherine :
elle a une toux rauque... ça l'a prise brusquement... J'ai peur du croup.

— Non, le croup ne commence pas comme
ça. J'arrive. »

Peu après, comme il sortait de chez sa fille, il
éprouva une douleur à gauche, porta la main à
son cœur, immobile contre le mur du couloir,
dans la nuit; il n'appelait pas; mais, lucide,
entendait le dialogue des Basque derrière la
porte :

« Que veux-tu que je te dise, il est savant,
c'est entendu; mais sa science l'a rendu scep-
tique : il ne croit plus aux remèdes; comment
guérir sans remèdes?

— Puisqu'il nous assure que ce n'est rien, pas même le faux croup.

— N'aie pas peur, dans sa clientèle, il aurait tout de même ordonné quelque chose. Avec sa famille, il ne se fend pas, il ne se met pas en frais. C'est quelquefois embêtant de ne pas pouvoir s'adresser ailleurs.

— Oui, mais c'est bien agréable de l'avoir toujours sous la main, la nuit. Lorsque le pauvre homme ne sera plus là, je ne dormirai plus tranquille à cause des petites.

— Il aurait fallu épouser un médecin! »

Un rire fut étouffé par un baiser. Le docteur sentit s'ouvrir la main qui serrait son cœur et, à pas de loup, s'éloigna. Il se coucha, ne put supporter la position étendue; et il demeurait assis sur son lit dans les ténèbres. Tout était endormi, sauf ce froissement de feuilles... « Maria a-t-elle aimé? je me rappelle certaines toquades... par exemple pour la petite Gaby Dubois, qu'elle voulait obliger à rompre avec Dupont-Gunther... Mais c'était encore une passion du genre sublime... Elle a dû avoir dans ses ancêtres un apôtre de qui elle a hérité le goût de sauver les âmes. Qui donc me disait, à ce propos, que cette Gaby avait raconté des horreurs sur Maria?... Je me souviens d'autres toquades qu'elle a eues... Il y a peut-être de « ça » dans son cas... J'ai remarqué que les gens trop sublimes... Déjà le petit jour! »

Il rejeta son oreiller, s'étendit avec précaution sans que sa machine en souffrît, perdit conscience.

VIII

« Qu'est-ce qu'il faudra que je dise au jardinier? »

Dans une allée déserte du Parc Bordelais,
Maria Cross s'efforce de décider Raymond à
venir chez elle où il ne risque plus de rencontrer
personne. Elle insiste et a honte d'insister, se
sent corruptrice en dépit d'elle-même. Cette
phobie de l'enfant qui naguère passait et repassait devant un magasin sans oser entrer, comment n'y verrait-elle pas le signe d'une pure
alarme? Et c'est pourquoi elle proteste :

« Surtout, Raymond, n'allez pas croire que
je veuille... n'allez pas imaginer...

— Ça m'embête de passer devant le jardinier.

— Mais puisque je vous dis qu'il n'y a pas
de jardinier. J'occupe une propriété vide, que
M. Larousselle n'arrive pas à louer; il m'a mise
là comme gardienne. »

Raymond éclata de rire :

« C'est vous la jardinière, quoi! »

La jeune femme plie les épaules, dérobe son visage, balbutie :

« Toutes les apparences m'accablent. On n'est pas obligé de savoir que j'étais de bonne foi quand j'ai accepté cette place. Il fallait l'air de la campagne pour François... »

Raymond connaît l'antienne et se dit à part soi : « Cause toujours... » et l'interrompt :

« Alors vous dites qu'il n'y a pas de jardinier... mais les domestiques? »

Elle le rassura : le dimanche, elle donnait congé à Justine, son unique bonne; c'était une femme mariée à un chauffeur qui venait coucher le soir pour qu'il y eût un homme dans cette maison mal fermée : la banlieue n'est pas sûre; mais le dimanche après-midi, Justine sortait avec son mari. Raymond n'aurait qu'à entrer; il traverserait la salle à manger à gauche : le salon était au bout.

Il creuse le sable avec son talon, l'air absorbé; derrière les troènes, grincent des balançoires; une marchande leur offre des petits pains poussiéreux, des bâtons de chocolat dans du papier jaune, Raymond dit qu'il n'a pas goûté, achète un croissant, une bouchée au praliné. A cette minute, devant cet enfant qui déchire le pain

de son goûter, Maria connaît son destin inexo-
rable : rien de trouble en elle, à la naissance de
ses désirs; et pourtant tous ses actes offraient un
aspect monstrueux. Lorsque, dans le tramway,
cette figure commençait d'être le repos de ses
yeux, non, elle ne pensait pas à mal : pourquoi
eût-elle résisté à une tendresse si peu suspecte?
un être qui a soif, d'ailleurs, ne se méfie pas
d'une source qu'il rencontre. « Oui, je veux le
recevoir dans ma maison, mais parce que dans la
rue, sur un banc de jardin public, je ne saurais
atteindre son secret... N'empêche que du dehors,
cela seul paraît : une femme de vingt-sept ans,
une femme entretenue attire chez elle un adolescent — le fils du seul homme qui lui ait jamais fait confiance et qui se soit gardé de lui
jeter la pierre... » Et après qu'ils se furent séparés, un peu avant la Croix de Saint-Genès, elle
songeait encore : « Je veux qu'il vienne, pas
pour le mal, non, pas pour le mal : cette pensée
me donne la nausée. N'empêche qu'il se méfie
et comment ne se méfierait-il pas? Tous mes
actes ont une face innocente tournée vers moi et
une face abominable tournée vers le monde.
Mais c'est le monde peut-être qui voit juste... »
Elle prononça un nom, puis un autre... Si elle
était méprisée pour des actes où sa volonté fut
surprise, elle se souvint de ceux qu'elle avait

accomplis dans le secret, qu'elle était seule à connaître...

Elle poussa le portail qu'ouvrirait Raymond, dimanche, pour la première fois; remonta l'avenue pleine d'herbe (il n'y a pas de jardinier). Le ciel était si chargé qu'il paraissait incroyable que la nue ne crevât pas, — ciel comme découragé par la soif universelle. Les feuilles pendaient, flétries. La bonne n'avait pas fermé les persiennes; de grosses mouches se cognaient aux plinthes. Maria n'eut que la force de jeter son chapeau sur le piano; ses souliers salirent la chaise longue, — aucun autre geste possible que d'allumer une cigarette. Ah! il y avait cela aussi : cette mollesse de son corps en dépit de l'imagination la plus fiévreuse. Que d'après-midi perdus à cette place, le cœur malade à force de fumer! Que de plans d'évasion, de purification, échafaudés et détruits! Il aurait fallu d'abord se lever, faire des démarches, voir des gens... « Mais si je renonce à l'amendement de ma vie extérieure, il reste de ne plus rien me permettre que ma conscience réprouve, ou dont elle s'inquiète. Ainsi ce petit Courrèges... » C'était entendu, elle ne l'attirait chez elle que pour la seule douceur déjà connue dans le tram de six heures : le réconfort d'une présence, une contemplation triste et unie, — mais ici, goûtée

de plus près que dans le tram, et plus à loisir.
Rien que cela? rien que cela? Lorsque la présence d'un être nous émeut, à notre insu nous
frémissons des prolongements possibles, des pers-
pectives indéterminées nous troublent. « Je me
fusse vite fatiguée de le contempler, si je n'avais
su qu'il répondait à mon manège et qu'un jour
nous échangerions des paroles... Ainsi je n'imagine rien entre nous, dans ce salon, qu'un
échange de propos confiants, de caresses mater-
nelles, de baisers calmes; — mais aie donc le
courage de t'avouer que tu pressens, au-delà de
ce pur bonheur, toute une région interdite à la
fois et ouverte : pas de frontière à franchir, un
champ libre où s'enfoncer peu à peu, une ténèbre où disparaître comme par mégarde... Et
après? qui nous défend le bonheur? ne saurais-je
le rendre heureux, ce petit?... Voilà le point où
tu commences à te duper : c'est l'enfant du docteur Courrèges, de ce saint docteur... Il n'admet-
trait pas que la question fût posée, lui! Tu lui
disais en riant un jour que la loi morale au-
dedans de lui était aussi éclatante que le ciel
étoilé au-dessus de sa tête... »

Maria entendit des gouttes sur les feuilles, un
roulement d'orage hésitant, ferma les yeux, se
recueillit, concentra sa pensée sur le visage chéri
de l'enfant si pur (qu'elle voulait croire si pur),

et qui, pourtant, à cette minute, hâte le pas,
fuit le mauvais temps, et songe : « Papillon dit
qu'il vaut mieux brusquer les choses; il dit :
« Avec ces femmes-là, la brutalité il n'y a que
ça, elles n'aiment que ça... » Et perplexe, le
garçon regardait le ciel grondant, et tout d'un
coup il se mit à courir, sa pèlerine sur la tête,
prit par le plus court, sauta un massif, aussi
agile qu'un bouquetin.

L'orage s'éloignait, mais il était là encore et le
silence même le décelait. Alors Maria Cross sentit naître en elle une inspiration dont, elle en
était sûre, il n'y avait pas lieu de se méfier; elle
se leva, s'assit à sa table, écrivit : « *Ne venez pas
dimanche, décidément, ni dimanche, ni jamais.
C'est pour vous seul que je consens à ce sacrifice...* » Ici, elle aurait dû signer, mais un démon
lui souffla d'ajouter une page encore : « ... *Vous
aurez été l'unique joie d'une vie atroce et perdue. Dans nos retours de cet hiver, je me repo-
sais en vous qui ne le saviez pas. Mais ce visage
que vous me donniez, n'était que le reflet d'une
âme dont je souhaitais la possession : ne rien
ignorer de vous, répondre à vos inquiétudes,
écarter les branches devant vos pas, devenir pour
vous plus qu'une mère, mieux qu'une amie...
J'ai rêvé cela... mais il ne dépend pas de moi
d'être une autre... Vous respiriez malgré vous,*

malgré moi, *l'atmosphère corrompue où j'étouffe...* » Elle écrivit longtemps encore. La pluie s'était installée et l'on n'entendait aucun bruit que ce ruissellement. Les fenêtres des chambres furent fermées. Des grêlons retentirent dans l'âtre. Maria Cross prit un livre; mais il faisait trop sombre et, à cause de l'orage, les lampes ne s'allumèrent pas. Alors elle s'assit devant son piano; elle jouait penchée en avant, la tête comme attirée par ses mains.

*

Le lendemain, qui était vendredi, Maria éprouva une joie confuse de ce que l'orage avait brouillé le temps et elle passa en robe de chambre une journée de lecture, de musique et de paresse, cherchant à se rappeler chaque terme de sa lettre, à imaginer comment réagirait le petit Courrèges. Le samedi, après une matinée pesante, la pluie recommença de tomber, et Maria connut alors d'où venait son plaisir : le mauvais temps lui serait une raison de ne pas sortir, dimanche, comme elle en avait eu d'abord l'intention, — si le petit Courrèges venait au rendez-vous, malgré la lettre, elle serait là. S'étant éloignée un peu de la fenêtre d'où elle regardait gicler les gouttes sur l'allée elle prononça alors d'une voix ferme et comme pour un engagement solennel : « Quelque temps qu'il fasse, je sortirai. »

Où irait-elle? Si François eût été vivant, elle l'aurait amené au cirque... Quelquefois elle allait au concert et occupait seule une loge ou, plus volontiers, une baignoire; mais le public avait vite fait de l'y reconnaître : elle devinait son nom au mouvement des lèvres; les jumelles la livraient de tout près et sans défense à ce monde ennemi. Une voix prononçait : « Il n'y a pas à dire, ces femmes-là savent s'habiller. — A coup d'argent, ce n'est pas difficile. — Et puis ces femmes-là n'ont à penser qu'à leur corps. » Parfois, un ami de M. Larousselle quittait la loge du Cercle et venait la saluer; à demi tourné vers la salle il riait haut, fier d'adresser la parole en public à Maria Cross.

Mais, hors le concert de Sainte-Cécile, elle n'était plus allée nulle part, même du vivant de François, depuis que des femmes, au Music-Hall, l'avaient insultée. Les maîtresses de ces messieurs la haïssaient parce qu'elle n'avait jamais consenti à souffrir leur commerce. Une seule, pendant quelques jours, trouva grâce à ses yeux, cette Gaby Dubois qui lui avait paru une « jolie âme » pour quelques propos échangés un soir, au *Lion Rouge*, où Larousselle l'avait traînée.

Le champagne entrait pour beaucoup dans l'effervescence spirituelle de cette Gaby. Les deux jeunes femmes s'étaient vues chaque jour pendant deux semaines. Maria Cross, avec une rage patiente, s'était efforcée vainement de rompre les liens qui rattachaient son amie à d'autres êtres. A une matinée de l'*Apollo* où, peu après leur brouille, dans l'excès de son ennui, elle avait échoué, seule comme toujours et attirant sur soi l'attention de toute la salle, elle avait entendu, d'un rang de fauteuils qui touchait à sa baignoire, jaillir le rire aigu de Gaby, d'autres rires, des lambeaux d'injures proférées à mi-voix : « Cette traînée qui joue à l'impératrice... cette... qui le fait à la vertu... » Il semblait à Maria qu'elle ne voyait plus aucun profil dans la salle : rien que des faces de bêtes tournées vers elle. Le théâtre enfin redevenu sombre, et les yeux étant tous rivés sur une danseuse nue, elle avait pu fuir.

Elle ne voulut plus jamais sortir sans le petit François. Depuis un an qu'il n'est plus là, lui seul encore a pu l'attirer dehors, cette pierre pas plus grande qu'un corps d'enfant, bien qu'on doive suivre, pour la trouver, l'allée du cimetière qui porte comme indication : *grands corps*. Mais sur la route qui mène à l'enfant mort, il a fallu qu'elle rencontrât cet enfant vivant.

*

Le dimanche matin, un grand vent régnait, — non de ceux qui ne savent que balancer des cimes; mais ces souffles puissants du Sud et de la mer qui, dans un effort immense, traînent tout un pan ténébreux de ciel. Une seule mésange rendait sensible à Maria le silence de milliers d'oiseaux. Tant pis, elle ne sortirait pas : le petit Courrèges avait reçu sa lettre; elle connaissait assez sa timidité pour être sûre de son obéissance. N'eût-elle rien écrit, il n'aurait pu sans doute se décider à franchir le portail. Et elle sourit parce qu'elle le voyait en esprit creusant de son talon l'allée et répétant, l'air buté : « Et le jardinier? » Pendant son déjeuner solitaire, elle écouta l'orage tout proche. Les chevaux ailés du vent couraient follement, leur tâche finie, et s'ébrouaient dans les branches. Sur le fleuve, sans doute avaient-ils ramené, du fond de l'Atlantique déchiré, des mouettes prudentes et les goélands qui ne se posent pas; jusqu'au-dessus de cette banlieue, on eût dit que leur souffle imposait aux nuages la lividité des varechs, et qu'ils éclaboussaient les feuilles d'une écume amère. Penchée sur le jardin, Maria sentit sur ses lèvres cette saveur glacée. Il

ne viendrait pas; même si elle n'avait pas écrit,
comment fût-il sorti par un temps pareil? Elle
eût été dans l'angoisse qu'il ne vînt pas. Ah!
mieux valait cette sécurité, cette certitude qu'il
ne viendrait pas. Pourtant s'il n'y a rien en
elle qui ressemble à l'attente, pourquoi ouvrir
le buffet de la salle à manger et s'assurer qu'il
reste du porto? La pluie enfin crépita, compacte,
traversée de soleil. Maria ouvrit un livre, lut
sans comprendre, recommença la page patiemment, vainement; s'assit au piano, mais ne jouait
pas si fort qu'elle ne pût entendre la porte d'entrée. Elle eut le temps de se dire pour ne pas
défaillir : « C'est le vent, ce doit être le vent. »
Et elle répétait encore : « C'est le vent » malgré ce bruit de pas hésitants dans la salle à
manger. Elle n'eut pas la force de se lever; et
déjà il était là, embarrassé de son chapeau ruis-
selant. Il n'osait faire un pas, elle n'osait l'appeler, assourdie par le tumulte en elle d'une passion qui rompt sa digue et se rue pour une
revanche forcenée, qui envahit en une seconde,
qui emplit exactement la capacité du corps et
de l'âme, qui recouvre les sommets et les bas-
fonds. Et cependant elle prononçait avec sévérité
des paroles ordinaires :

« Vous n'avez donc pas reçu ma lettre? »

Il demeura interdit. (« Elle veut te faire mar-

cher, lui avait répété Papillon. Ne la laisse pas
manœuvrer; arrive les mains dans les poches... »)
Mais, devant ce visage qu'il crut plein de cour-
roux, Raymond baissait une tête d'enfant puni.
Et Maria toute frémissante, comme si elle eût
retenu entre les murs du salon étouffé d'étoffes,
un faon effarouché, n'osait aucun geste. Il était
venu, bien qu'elle eût fait l'impossible pour
l'éloigner : aucun remords n'empoisonnait donc
son bonheur et elle s'y pouvait livrer tout entière. Au destin qui de force lui jetait l'enfant
en pâture, elle protestait qu'elle saurait être
digne de ce don. Qu'avait-elle redouté? Rien en
elle, à cette minute, que l'amour le plus noble,
et la preuve, c'était les pleurs qu'elle refoulait,
songeant à François : il fût devenu un grand
garçon pareil à celui-là, dans bien peu d'années... Elle ne savait pas que sa grimace pour
retenir des larmes, Raymond l'interprétait
comme un signe d'humeur, peut-être de colère.
Cependant, elle disait :

« Après tout, pourquoi pas? Vous avez bien
fait de venir. Posez donc votre chapeau sur une
chaise. Cela ne fait rien qu'il soit mouillé : ce
velours de Gênes en a vu bien d'autres... Un
peu de porto? Oui? Non? C'est oui. »
    Et tandis qu'il buvait, elle disait :

« Pourquoi ai-je écrit cette lettre? Je ne le sais pas moi-même... Les femmes ont des lubies... d'ailleurs je savais bien que vous viendriez tout de même. »

Du revers de la main, Raymond essuya ses lèvres.

« Pourtant j'ai bien failli ne pas venir. Je me disais : elle sera sortie... J'aurais l'air d'un idiot.

— Je ne sors guère, depuis mon deuil... Je ne vous ai jamais parlé de mon petit François? »

François venait, sur la pointe des pieds, comme s'il eût été vivant. Ainsi peut-être sa mère l'aurait-elle retenu afin de rompre un tête-à-tête périlleux. Raymond voyait là une feinte pour le tenir en respect; mais Maria ne songeait au contraire qu'à le rassurer et, bien loin de le redouter, se croyait redoutable. D'ailleurs, cette intrusion de l'enfant mort, elle n'y avait pas eu recours : le petit garçon s'était imposé comme ceux qui entendent la voix de leur mère au salon et qui entrent sans frapper. Puisque l'enfant est là, c'est le signe qu'il n'y a rien que de pur en tout ceci. De quoi te troublais-tu, pauvre femme? Le petit François est debout contre ton fauteuil, il sourit, il ne rougit pas.

« Il doit y avoir un peu plus d'un an qu'il est mort? Je me rappelle très bien le jour de l'enterrement... maman a fait une scène à mon père... »

Il s'interrompit; il aurait voulu revenir sur ces paroles.

« Pourquoi une scène? Ah! oui... je comprends... Même ce jour-là, on n'avait pas pitié... »

S'étant levée, Maria prit alors un album, le posa sur les genoux de Raymond :

« Je veux vous montrer ses photographies. Votre père seul les connaît. Le voilà à un mois dans les bras de mon mari; à cet âge-là, ça ne ressemble à rien, sauf pour la maman. Regardez-le à deux ans, qui rit avec un ballon dans ses bras. Là, voyez, nous étions à Salies : il était faible déjà; j'avais dû prendre sur mon maigre capital pour payer cette saison; mais il y avait un docteur d'une charité, d'une bonté... Il s'appelait Casamajor... C'est lui qui tient l'âne par la bride... »

Penchée sur Raymond pour tourner les pages, elle ne voyait pas la figure furieuse du garçon qui ne pouvait bouger, les genoux écrasés par l'album. Il haletait, il tremblait de violence au repos.

« Le voilà à six ans et demi, deux mois avant sa mort. Il avait bien repris, n'est-ce pas? Je me suis toujours demandé si je ne l'avais pas fait trop travailler. Votre père m'assure que non. A six ans, il lisait tout ce qui lui tombait sous la main, même ce qu'il ne pouvait pas comprendre. A force de vivre avec une grande personne... »

Elle disait : « C'était mon compagnon, mon ami... » parce que rien ne distinguait à cette minute ce que François avait été réellement pour elle, de ce qu'elle avait espéré de lui.

« Il me posait déjà des questions. Que de nuits j'ai passées dans l'angoisse, en songeant qu'il faudrait un jour lui expliquer... Et si une pensée m'aide à vivre aujourd'hui, c'est qu'il est parti sans savoir... qu'il n'a pas su... qu'il ne saura jamais... »

Elle s'était redressée, ses bras pendaient; Raymond n'osait lever les yeux mais entendait ce corps secoué. Bien qu'ému, il doutait de cette douleur et, plus tard, sur la route, devait se répéter : « Elle se prend elle-même à son jeu... ce qu'elle joue bien du cadavre... Pourtant, ses larmes?... » Il était troublé dans l'idée qu'il avait d'elle; l'adolescent se faisait des « mauvaises femmes » une image théologique, conforme à celle que lui avaient donnée ses maîtres, bien qu'il se crût si défendu contre leur influence. Maria Cross l'entourait comme une armée rangée en bataille; les anneaux de Dalila et de Judith tintaient à ses chevilles; aucune traîtrise, aucune feinte dont il ne crût capable celle dont les saints ont redouté le regard à l'égal de la mort.

Maria Cross lui avait dit : « Revenez quand vous voudrez, je suis là toujours. » Pleine de larmes, pacifiée, elle l'avait suivi jusqu'à la porte, sans même lui assigner un autre rendez-vous. Après son départ, elle s'assit près du lit de François; elle y portait sa douleur comme un enfant déjà endormi dans ses bras. Elle éprouvait une paix qui peut-être était de la déception. Elle ignorait qu'elle ne serait pas toujours secourue; non, les morts ne secourent pas les vivants : nous les avons invoqués en vain au bord de l'abîme; leur silence, leur absence, ressemblaient à une complicité.

IX

IL aurait mieux valu pour Maria Cross que cette première visite de Raymond ne l'eût pas laissée sur une impression de sécurité, d'innocence. Elle admirait que tout se fût passé si simplement : « Je me montais la tête... », songeait-elle. Elle croyait éprouver du soulagement, mais commençait à souffrir d'avoir laissé Raymond partir sans qu'ils eussent fixé un rendez-vous. Jamais elle ne s'absentait aux heures où il aurait pu venir. Le jeu misérable des passions est si simple qu'un adolescent le possède à sa première intrigue : Raymond n'avait eu besoin d'aucun conseil pour se résoudre « à la laisser cuire dans son jus ».

Après quatre jours d'attente, elle en était au point de s'adresser des reproches : « Je ne lui ai parlé que de moi, que de François; je l'ai attristé... quel intérêt pouvait-il trouver à cet

album? J'aurais dû l'interroger sur sa vie, le
mettre en confiance... Il s'est ennuyé; il m'a
prise pour une raseuse... et s'il ne revenait pas? »

S'il ne revenait pas! Cette inquiétude eut tôt
fait de devenir une angoisse : « ... Naturellement! je peux attendre! il ne viendra plus... on
ne l'y prendra plus... à cet âge, on ne pardonne
jamais aux gens ennuyeux... Eh bien! oui, voilà,
c'est une affaire finie. » Evidence éclatante, terrible! Il ne reviendrait jamais. Maria Cross com-
blait le dernier puits de son désert. Plus rien
que du sable. Quoi de plus dangereux dans
l'amour que la fuite d'un des complices? La présence est plus souvent un obstacle : devant Raymond Courrèges, Maria Cross voyait d'abord un
adolescent et qu'il serait vil de troubler ce
cœur; elle se souvenait de quel père il était né;
ce qui restait d'enfance sur ce visage lui rappelait son enfant perdu : en pensée même elle
n'approchait de lui qu'avec une ardente pudeur.
Mais maintenant qu'il n'est plus là, et qu'elle
doute de le revoir jamais, à quoi bon se méfier
de ce flot trouble en elle, de ce remous obscur?
Si ce fruit doit être écarté de sa soif, pourquoi
se priver d'en imaginer la saveur inconnue? A
qui fait-elle tort? Quel reproche attendre de la
pierre où est écrit le nom de François? Qui la
voit dans cette maison sans époux, sans en-

fant, sans domestiques? Pauvres discours de
Mme Courrèges touchant les querelles de l'office, qu'il serait heureux que Maria Cross pût
en occuper son esprit! Où aller? Au-delà du jardin assoupi, s'étendent la banlieue, puis la ville
pierreuse où, lorsqu'un orage éclate, on est
assuré de neuf jours étouffants. Dans ce livide
ciel, une bête féroce est somnolente, rôde,
gronde, se tapit. Errant au jardin elle aussi, ou
dans les pièces vides, Maria Cross cède (et quelle
autre issue à sa misère?) elle cède peu à peu à
l'attrait d'un amour sans espoir auquel ne reste
que le bonheur misérable de se sentir soi-même.
Elle ne tenta plus rien contre l'incendie, ne
souffrit plus de ce désœuvrement, de ce délaisse-
ment; sa fournaise l'occupait; un démon obscur
lui soufflait : « Tu meurs, mais tu ne t'ennuies
plus. »

L'étrange, dans l'orage, ce n'est pas son
tumulte, mais le silence qu'il impose au monde
et cet engourdissement. Maria voyait contre les
vitres des feuilles immobiles et comme peintes.
L'accablement des arbres était humain : on eût
dit qu'ils connaissaient la torpeur, la stupeur,
le sommeil. Maria en était au point où la passion devient une présence; elle irritait sa plaie,
entretenait son feu : son amour devenait un
étouffement, une contraction qu'elle aurait pu

localiser à la gorge, à la poitrine. Une lettre de
M. Larousselle la fit frémir de dégoût. Ah!
même son approche... cela ne sera plus possible
désormais. Quinze jours avant qu'il revienne...
le temps de mourir. Elle se repaissait de Raymond et de souvenirs qui naguère l'eussent acca-
blée de honte : « Je regardais le cuir de son
chapeau à l'endroit qui touche le front... j'y
cherchais l'odeur de ses cheveux... » et cette
complaisance pour son visage, pour son cou,
pour ses mains... Inimaginable repos dans le désespoir. Parfois l'idée traversait son esprit qu'il
était vivant, que rien n'était perdu, qu'il viendrait peut-être. Mais, comme si l'espérance l'eût
effrayée, elle rentrait en hâte dans le renoncement total, dans la paix de celle qui n'attend
plus rien. Avec un horrible plaisir, elle élargissait l'abîme entre elle et celui qu'elle s'acharnait
à croire pur : aussi loin de son amour que le
chasseur Orion, brûlait cet enfant inaccessible :
« Moi, une femme déjà usée, perdue; et lui, tout
baigné d'enfance encore; sa pureté est un ciel
entre nous où mon désir même renonce à se
frayer un chemin. » Tous ces jours-là, les vents
de l'Ouest et du Sud traînèrent après eux des
masses obscures, des légions grondantes qui, près
de fondre, soudain hésitaient, tournaient autour
des cimes fascinées, puis disparaissaient, laissant

derrière elles cette fraîcheur de quand il a plu quelque part.

*

Dans la nuit du vendredi au samedi, la pluie enfin n'interrompit pas son chuchotement. Grâce au chloral, Maria reçut en paix cette haleine odorante qu'à travers les rideaux le jardin soufflait sur son lit en désordre, — puis sombra.

Au soleil du matin, le corps détendu, elle s'étonna de ce qu'elle avait souffert. Quelle était cette folie? Pourquoi tourner tout au pire? Ce garçon vivait, n'attendait qu'un signe. Après cette crise, Maria se retrouvait lucide, équilibrée, peut-être déçue : « Ce n'était donc que cela?... mais il viendra, songeait-elle, pour plus de sûreté je vais lui écrire — je le verrai. » Il fallait coûte que coûte qu'elle confrontât sa douleur et l'objet de sa douleur. Elle imposait à son esprit le souvenir d'un simple enfant inoffensif, s'étonnait de ne plus frémir à la pensée de cette tête sur ses genoux. « J'écrirai au docteur que j'ai fait la connaissance de son fils (elle savait qu'elle n'écrirait pas). Pourquoi non? Quel mal faisons-nous? » L'après-midi elle alla au jardin plein de flaques; vraiment paisible,

trop paisible, et jusqu'à en éprouver une crainte
sourde : sentir moins sa passion, c'était sentir
plus son néant; réduit, cet amour ne lui masquait plus le vide. Déjà elle regrettait que le
tour du jardin n'eût duré que cinq minutes; et
elle suivit une fois encore les mêmes allées; puis
se hâta parce que l'herbe lui mouillait les
pieds... Elle mettrait ses pantoufles, s'étendrait,
fumerait, lirait, mais quoi? rien en train d'intéressant. La voici revenue devant la maison. Elle
leva les yeux vers les fenêtres et, derrière une
vitre du salon, aperçut Raymond.

Il y avait collé sa figure, s'amusait à écraser
son nez. Cette marée en elle, était-ce de la joie?
Elle monta les marches du perron, en songeant
aux pieds qui venaient de les gravir; poussa la
porte ouverte et regarda le loquet à cause de la
main qui s'y était appuyée, traversa la salle à
manger plus lentement, composa son visage.

Ce fut la mauvaise chance de Raymond d'être
venu après ces jours où Maria avait tant rêvé et
tant souffert à son sujet. Entre cette agitation
infinie et celui qui en était la cause, elle fut
gênée au premier regard de ne pouvoir combler
le vide. Elle n'eut pas conscience d'être déçue,
elle l'était pourtant, comme en témoignait cette
remarque :

« Vous sortez de chez le coiffeur? »

Elle ne l'avait jamais vu ainsi. les cheveux trop courts, luisants... Elle toucha au-dessus de la tempe la marque blême d'un coup. Il dit :

« C'est en tombant de la balançoire, j'avais huit ans. »

Elle l'observait, s'efforçait d'ajuster à son désir, à sa douleur, à sa faim, à son renoncement, ce garçon à la fois fort et efflanqué, ce grand jeune chien. Des mille sentiments surgis en elle à propos de lui, tout ce qui pouvait être sauvé se groupait tant bien que mal autour de ce visage tendu, rougi. Mais elle ne reconnaissait pas une certaine expression des yeux et du front, cette rage du peureux qui a décidé de vaincre, du lâche résolu à l'action. Jamais pourtant il ne lui avait paru si puéril, et elle lui répéta, avec une tendre autorité, ce que naguère elle disait si souvent à François :

« Vous avez soif? Je vous donnerai tout à l'heure du sirop de groseilles, mais quand vous ne serez plus en nage. »

Elle lui montra un fauteuil, mais il s'assit sur la chaise longue où déjà elle était étendue, et lui assura qu'il n'avait pas soif :

« En tout cas, pas soif de sirop. »

Elle ramena sa robe sur ses jambes un peu découvertes; ce qui lui attira cette louange :

« Quel dommage! »

Alors, ayant changé de position, elle s'assit aux côtés du jeune homme, qui lui demanda pourquoi elle ne restait pas étendue :

« Je ne vous fais pas peur au moins? »

Parole qui révéla à Maria Cross qu'en effet elle avait peur : mais de quoi? C'était Raymond Courrèges, le petit Courrèges, le fils du docteur.

« Comment va votre cher père? »

Il souleva les épaules, avança la lèvre inférieure. Elle lui offrit une cigarette qu'il refusa, en alluma une et, les coudes aux genoux :

« Oui, vous m'avez déjà dit que vous n'aviez pas beaucoup d'intimité avec votre père; c'est la règle : les parents et les enfants... Lorsque François venait se blottir sur mes genoux, je songeais : profitons-en, ça ne durera pas toujours. »

Maria Cross se trompait sur ce que signifiaient les épaules soulevées de Raymond, la moue de ses lèvres. A cette minute, il voulait éloigner le souvenir de son père — non parce qu'il se sentait indifférent, mais parce qu'au contraire il en subissait l'obsession, depuis ce qui s'était passé entre eux, l'avant-veille. Après le dîner, le docteur avait rejoint Raymond dans l'allée des vignes où il fumait seul, et avait marché près de lui en silence, comme un homme qui retient une parole. « Que me veut-il? » se demandait Raymond tout livré au plaisir cruel de se taire — son plaisir des aubes d'automne dans le coupé aux vitres ruisselantes. Et même il avait hâté le pas méchamment, parce qu'il s'était aperçu que son père avait peine à le suivre et demeurait un peu en arrière. Mais soudain, ne l'ayant plus entendu souffler, il s'était retourné : la silhouette noire du docteur demeurait immobile au milieu de l'allée des vignes; il pressait contre sa poitrine ses deux mains, vacillait comme pris de boisson; il fit quelques pas, s'assit lourdement entre deux règes.. Raymond s'était précipité à genoux; cette tête morte contre son épaule, il regardait de tout près une face aux yeux clos, des joues couleur de mie de pain pétrie. « Eh bien, papa? eh bien, mon petit papa? » Cette voix suppliante à la fois et impérieuse, avait réveillé le malade comme si elle eût possédé une vertu; un peu essoufflé, il essayait de sourire avec un air d'égarement : « Ce n'est rien, ce ne sera rien... » Et il contemplait le visage angoissé de son enfant, et il écoutait cette même voix douce de quand Raymond avait huit ans : « Appuie ta tête; tu n'as pas un mouchoir propre? Le mien est sale. » Et délicatement, Raymond essuyait cette figure qui reprenait vie.

Les yeux rouverts du père voyaient les cheveux
de l'adolescent que le vent soulevait un peu,
puis une vigne épaisse, et, au-delà, un ciel de
soufre et grondant, où l'on eût dit que se vi-
daient des tombereaux invisibles. Appuyé au
bras de son fils, le docteur était revenu vers la
maison : la pluie chaude s'écrasait sur leurs
épaules et sur leurs joues, — mais impossible de
marcher plus vite. Il disait à Raymond : « C'est
de la fausse angine de poitrine, aussi douloureuse que la vraie... Je « fais » de l'intoxication :
je vais rester quarante-huit heures au lit à la
diète hydrique... Surtout pas un mot à bonne-
maman ni à ta mère... » Et comme Raymond
l'avait interrompu : « Tu ne te paies pas ma
tête au moins? tu es bien sûr que ce n'est rien?
Jure-moi que ce n'est rien », le docteur lui demanda à voix basse : « Ça te ferait-il de la peine
si je... » mais Raymond ne l'avait pas laissé
finir : il avait passé son bras autour de ce corps
haletant et un cri lui échappa : « Que tu es
bête! » Le docteur devait se rappeler plus tard
cette chère insolence, aux heures mauvaises,
lorsque son enfant serait redevenu un étranger,
un adversaire — un cœur sourd et qui ne répond pas. Ils étaient entrés tous deux dans le
salon sans que le père eût osé embrasser le fils.

« Si nous parlions d'autre chose? Je ne suis
pas venu ici pour parler de papa, vous savez!
Nous avons mieux à faire... Non? »

Raymond avança une grosse patte maladroite
qu'elle saisit au vol, retint doucement.

« Non, Raymond, non : vous le méconnaissez
parce que vous vivez trop près de lui. Nos proches sont ceux que nous ignorons le plus...
Nous arrivons à ne plus même voir ce qui nous
entoure. Tenez, dans ma famille, on m'a toujours crue laide, parce qu'étant enfant je lou-
chais un peu. Au lycée, à ma grande stupéfac-
tion, des camarades m'ont dit que j'étais jolie.

— C'est ça, racontez-moi des histoires de lycée
de filles. »

L'idée fixe vieillissait sa figure. Maria n'osait
pas lâcher la grosse main qu'elle sentait devenir
humide; elle en éprouva quelque dégoût : c'est
cette même main dont l'attouchement, il y a dix
minutes, la faisait pâlir. Cette seule main, une
seconde retenue, l'obligeait naguère à fermer les
yeux, à détourner la tête. Maintenant c'est une
main molle et mouillée.

« Si! je veux vous apprendre à connaître le
docteur : je suis entêtée! »

Il l'interrompit pour affirmer qu'il était têtu
lui aussi :

« Ainsi, tenez, je me suis juré qu'aujourd'hui je ne serais pas manœuvré. »

Il dit cela à voix si basse, en balbutiant, qu'elle put feindre de n'avoir pas entendu. Mais elle élargit l'espace entre leurs deux corps; puis se leva, ouvrit une fenêtre :

« On ne dirait pas qu'il a plu; il fait étouffant. D'ailleurs j'entends encore l'orage... A moins que ce ne soit le canon de Saint-Médard. »

Au-dessus des feuilles, elle lui montrait la tête tourmentée d'un nuage profond, sombre, frangé de soleil. Mais il saisit à deux mains ses avant-bras, la poussa vers la chaise longue. Elle se força à rire : « Lâchez-moi donc! » — et plus elle se débattait, plus elle riait pour signifier que cette lutte n'était rien qu'un jeu, et qu'elle l'entendait ainsi : « Sale gosse que vous êtes, lâchez-moi... » Son rire tournait à la grimace; ayant trébuché contre le divan, elle vit de tout près mille gouttes de sueur sur un front bas; les ailes du nez piquées de points noirs; elle respira une haleine aigre. Mais ce faune maladroit avait la prétention de retenir, dans une seule main, les poignets de la jeune femme; d'une secousse, Maria eut vite fait de se rendre libre. Il y avait entre eux, maintenant, la chaise longue, une table, un fauteuil. Elle haletait un peu, s'obligeait à rire :

« Alors vous croyez, mon petit, qu'on prend une femme de force? »

Il ne riait pas, jeune mâle humilié, furieux de sa défaite, atteint au plus vif de cet orgueil physique déjà démesuré en lui — et qui saignait. Toute sa vie, il devait se souvenir de cette minute où une femme l'avait jugé repoussant (ce qui n'eût rien été) mais aussi grotesque. Tant de victoires futures, toutes ses victimes réduites et misérables n'adouciraient jamais la brûlure de cette humiliation première. Longtemps, à ce seul souvenir, il blesserait de ses dents sa lèvre; mordrait, la nuit, son oreiller. Raymond Courrèges retient des pleurs de rage, — à mille lieues d'imaginer que ce sourire de Maria puisse être une feinte et qu'elle ne cherche pas à blesser un enfant ombrageux, mais qu'elle voudrait ne rien trahir de ce désastre en elle, de cet écroulement. Ah! d'abord qu'il s'éloigne! Qu'elle demeure seule!

Naguère Raymond s'étonnait de sentir à sa portée la fameuse Maria Cross; il se répétait : « Cette petite femme si simple, c'est Maria Cross. » Et il n'aurait eu qu'à tendre la main : elle était là, soumise, inerte, il aurait pu la prendre, la laisser tomber, la ressaisir; — et tout à coup le geste de ses bras tendus avait suffi pour éloigner cette Maria vertigineusement.

Ah! elle était là encore; mais il savait d'une science sûre que désormais il ne la toucherait pas plus qu'une étoile. Ce fut alors qu'il vit qu'elle était belle : tout occupé de savoir comment cueillir et manger le fruit, sans mettre une seconde en doute que ce fruit lui fût destiné, il ne l'avait jamais regardée; — cela te reste maintenant de la dévorer des yeux.

Elle répétait, avec douceur, de peur qu'il s'irritât, mais avec une terrible obstination : « J'ai besoin d'être seule, Raymond... comprenez-moi : il faut me laisser seule... » Le docteur avait souffert de ce que Maria ne souhaitait pas sa présence; Raymond, lui, connaissait une pire douleur : ce besoin de ne plus nous voir que l'être aimé ne dissimule plus, qu'il ne peut plus cacher; il nous rejette, il nous vomit. Notre absence est nécessaire à sa vie; il brûle de nous précipiter dans l'oubli : « Dépêche-toi de sortir de ma vie... » Il ne nous bouscule pas : c'est qu'il redoute notre résistance. Maria Cross tendait à Raymond son chapeau, poussait la porte, s'effaçait devant lui qui ne souhaitait que de disparaître et qui balbutiait de nigaudes excuses, submergé de honte, redevenu un adolescent plein d'horreur pour soi-même. Mais le garçon, à peine sur la route, et le portail refermé, trouva soudain les mots qu'il aurait fallu

jeter à la figure de cette catin... Trop tard! Et
la pensée, pendant des années, le tortura, « qu'il
était parti sans lui avoir servi son paquet ».

*

Tandis que, sur la route, ce cœur se déchar-
geait de toutes les injures dont il n'avait pas su
accabler Maria Cross, la jeune femme, ayant
fermé la porte, puis la fenêtre, s'était étendue.
Au-delà des arbres, quelque oiseau parfois jetait
un appel interrompu comme la parole confuse
d'un homme endormi. La banlieue retentissait
de tramways et de sirènes; les chants avinés du
samedi retentissaient sur les routes. Pourtant
Maria Cross étouffait de silence — d'un silence
qui ne lui était pas extérieur, qui montait du
plus profond de son être, s'accumulait dans la
pièce déserte, envahissait la maison, le jardin,
la ville, le monde. Et au centre de ce silence
étouffant, elle vivait, regardant en elle cette
flamme à qui tout aliment soudain faisait défaut mais tout de même inextinguible. De quoi
se nourrissait ce feu? Elle se souvint que parfois, au déclin de ses veillées solitaires, une dernière lueur jaillissait des débris noirs dans l'âtre
et qu'elle eût pu croire éteints. Elle chercha la
face adorable de l'enfant dans le tramway de six

heures et ne la trouva plus. Rien n'existait plus qu'un petit voyou hérissé, fou de timidité et qui s'éperonne; — image aussi différente du vrai Raymond Courrèges que le pouvait être celle qu'avait embellie son amour. Contre celui qu'elle avait transfiguré, divinisé, elle s'acharnait : « C'est pour ce gamin sale, que j'ai été tour à tour souffrante et bienheureuse... » Elle ignorait que, sur cet informe enfant, son regard avait suffi pour qu'il devînt un homme dont beaucoup d'autres allaient connaître les ruses, subir les caresses, les coups. Si elle l'avait créé par son amour, elle achevait son œuvre, en le méprisant : elle venait de lâcher dans le monde un garçon dont ce serait la manie de se prouver à soi-même qu'il était irrésistible, bien qu'une Maria Cross lui eût résisté. Désormais, dans toutes ses intrigues futures se glisserait une inimitié sourde, le goût de blesser, de faire crier la biche à sa merci; ce seraient les larmes de Maria Cross que toute sa vie il ferait couler sur des figures étrangères. Et sans doute était-il né avec cet instinct de chasseur, mais, sans Maria, il l'eût adouci de quelque faiblesse.

« Pour ce voyou... » Quel dégoût! Et pourtant l'inextinguible flamme brûlait au-dedans d'elle sans que plus rien ne la nourrît. Aucun être au monde n'aurait le bénéfice de cette lu-

mière, de cette chaleur. Où aller? A la Chartreuse, où est le corps de François? Non, non;
avoue que tu ne cherchais, près de ce cadavre,
qu'un alibi. Elle n'avait été si fidèle à visiter
l'enfant du cimetière que pour les retours si
doux aux côtés d'un autre enfant vivant. Hypo-
crite! Rien à faire, rien à dire sur une tombe;
elle s'y heurtait chaque fois comme à une porte
sans serrure et condamnée pour l'éternité. Autant se mettre à genoux dans la poussière de la
rue... Petit François, poignée de cendres, toi qui
étais plein de rire et de larmes... Qui désirer
auprès d'elle? Le docteur?... ce raseur? non, pas
un raseur... Mais à quoi bon cet effort vers la
perfection lorsque c'est notre destin de ne rien
tenter qui ne soit louche en dépit de notre bon
vouloir? Tous les buts que Maria s'était glorifiée
d'atteindre, le pire d'elle-même savait y trouver
son profit.

Elle ne désire aucune présence ni ne souhaite
de se trouver dans aucun autre endroit du
monde que ce salon aux rideaux troués. A Saint-
Clair peut-être? Son enfance à Saint-Clair... Elle
se souvient de ce parc où elle se glissait, lorsqu'en était partie cette famille cléricale, enne-
mie de sa mère. Il semblait que la nature atten-
dît ce départ, après les vacances de Pâques, pour
déchirer sa bure de feuilles. Les fougères mon-

taient, s'épaississaient, battaient de leur mous-
seuse vague verte les branches basses des chênes,
mais les pins balançaient les mêmes cimes grises
qu'on eût crues indifférentes au printemps, jusqu'à ce qu'un matin, eux aussi, ils eussent arra-
ché d'eux ce nuage de pollen : le soufre immense de leur amour. Et Maria retrouvait au
tournant d'une allée une poupée cassée, un
mouchoir accroché aux ajoncs. Mais aujourd'hui,
étrangère à ce pays, rien ne l'y accueillerait
que le sable où elle s'était couchée à plat
ventre...

Justine l'ayant avertie que le dîner était prêt,
elle arrangea ses cheveux, s'assit devant la soupe
fumante. Comme il ne fallait pas que la servante
ni son mari manquassent le cinéma, une demi-
heure après, elle se retrouva seule à la fenêtre
du salon. Le tilleul odorant n'avait pas encore
d'odeur; au-dessous d'elle, les rhododendrons
déjà étaient sombres. Par peur du néant, pour
reprendre souffle, Maria cherche une épave où
se raccrocher : « J'ai cédé, songe-t-elle, à cet instinct de fuir que presque toutes nous avons
devant la face humaine enlaidie par la faim, par
le besoin. Cette brute, tu te persuades que c'est
un être différent de l'enfant que tu adorais, —
c'était bien le même enfant, mais avec le
masque : comme les femmes enceintes portent

un masque de bile sur leur face, les hommes
pleins de leur amour ont aussi, collée à la figure,
cette apparence souvent hideuse, toujours terrible de la bête qui remue en eux. Galatée fuit
ce qui la terrifie qui est aussi ce qu'elle appelle...
J'avais rêvé d'une longue route où, par une
marche insensible, nous fussions passés des régions tempérées aux plus brûlantes : mais le
maladroit a brûlé les étapes... Que ne me suis-je
résignée à cette fureur! C'est là et non ailleurs
que j'eusse trouvé l'inimaginable repos; mieux
que le repos peut-être... Peut-être n'existe-t-il
pas d'abîme entre les êtres, qu'un excès d'amour
ne comble... Quel amour? » Elle se souvint; sa
bouche grimaça, émit un « hêêê » de dégoût; des
images l'assaillirent : elle vit Larousselle s'écar-
tant, le sang aux joues, maugréant : « Qu'est-ce
qu'il te faut?... »

Qu'était-ce donc qu'il lui fallait? Elle errait
dans la pièce déserte, s'accoudait à la fenêtre,
rêvait d'elle ne savait quel silence où elle aurait
senti son amour sans que cet amour dût prononcer aucune parole, — et pourtant le bien-aimé
l'aurait entendue, il aurait appréhendé en elle
son désir avant même que son désir ne fût né.
Toute caresse suppose un intervalle entre deux
êtres. Mais ils eussent été si confondus l'un dans

l'autre, que cette étreinte n'aurait pas été nécessaire, cette brève étreinte que la honte dénoue...
La honte? Elle crut entendre le rire de fille de
Gaby Dubois et ce qu'elle lui criait un jour :
« Mais non, mais non, parlez pour vous! Il n'y a
que ça de bon au contraire, que ça qui ne soit
pas décevant... Dans ma chienne de vie, ce fut
la seule consolation... » D'où vient ce dégoût?
A-t-il un sens? Témoigne-t-il d'une volonté par-
ticulière de quelqu'un? Mille idées confuses
s'éveillaient en Maria, disparaissaient, comme
au-dessus de sa tête, dans l'azur désert, les étoiles
filantes, les bolides perdus.

Ma loi, songe Maria, n'est-elle pas la loi commune? Sans mari, sans enfants, sans amis, certes
on ne pouvait être plus seule au monde; mais
qu'était cette solitude, au prix de cet autre iso-
lement dont la plus tendre famille ne l'eût pas
délivrée — celui que nous éprouvons à reconnaître en nous les signes d'une espèce singulière,
d'une race presque perdue et dont nous inter-
prétons les instincts, les exigences, les buts mystérieux? Ah! ne plus s'épuiser dans cette recherche! Si le ciel était encore pâle d'un reste de
jour et de lune naissante, les ténèbres s'amas-
saient sous les feuilles tranquilles. Le corps
penché dans la nuit, attiré, comme aspiré par la
tristesse végétale, Maria Cross cédait moins au

désir de boire à ce fleuve d'air encombré de branches, qu'à la tentation de se perdre en lui, de se dissoudre, — pour qu'enfin son désert intérieur se confondît avec celui de l'espace, — pour que ce silence en elle ne fût plus différent du silence des sphères.

X

CEPENDANT Raymond Courrèges, après qu'il se
fut débarrassé sur la route de toutes les injures
dont il n'avait pas abreuvé Maria Cross, sentit le
besoin de la salir encore, et c'est pourquoi, à peine
rentré, souhaita-t-il de voir son père. Comme le
docteur l'en avait averti, il s'était décidé à demeurer au lit quarante-huit heures, sans manger
ni boire que de l'eau, pour la plus grande joie
de sa mère et de sa femme. La fausse angine de
poitrine n'eût pas suffi à l'y décider, mais la
curiosité d'étudier sur lui-même les effets de ce
traitement. Robinson était déjà venu la veille :
« J'aurais mieux aimé Dulac, disait Mme Courrèges, mais enfin, Robinson, c'est tout de même
un médecin, il sait ausculter. »

Robinson se glissait le long des murs, montait,
furtif, les escaliers, toujours dans l'angoisse de
se trouver nez à nez avec Madeleine, bien qu'ils
n'eussent jamais été fiancés. Le docteur, les yeux

clos, la tête vide, étrangement lucide, le corps libre sous les draps légers, à l'abri du jour, suivait sans effort des pistes de pensées; et son esprit errait sur ces pistes perdues, retrouvées, emmêlées, comme un chien bat les buissons autour de son maître qui se promène mais ne chasse pas. Il composait sans fatigue les articles qu'il n'aurait plus qu'à écrire, répondait point par point aux critiques qu'avait suscitées sa dernière communication à la Société de Biologie. La présence de sa mère lui était douce, mais aussi celle de sa femme et ce lui était une douceur de s'en aviser : immobile enfin, après une poursuite épuisante, il se laissait rejoindre par Lucie; il admirait comme sa mère s'effaçait pour éviter tout conflit : les deux femmes se partageaient sans dispute cette proie arrachée pour un temps au métier, à l'étude, à un amour inconnu, et qui ne se débattait pas, qui s'intéressait à leurs moindres paroles, dont l'univers se rétrécissait à la mesure du leur. Et voici qu'il voulait savoir si Julie s'en allait décidément ou si l'on pouvait espérer qu'elle s'entendrait avec la bonne de Madeleine. Mais que ce fût la main de sa mère ou celle de sa femme sur son front, le docteur retrouvait cette sécurité de quand il était un enfant malade; il se réjouissait de ce qu'il ne mourrait pas seul; il pensait que la

mort devait être ce qu'il y a de plus simple au
monde dans la chambre d'un acajou familier où
notre mère, notre femme se forcent à sourire;
et le goût du dernier moment est masqué par
elles comme celui de tout autre remède amer.
Oui, s'en aller tout enveloppé de ce mensonge,
savoir être dupe...

Une coulée de lumière envahit la chambre :
Raymond entra, grognant : « On n'y voit
goutte », s'approcha de cet homme couché, le
seul aux yeux duquel il pût salir, ce soir, Maria
Cross; et déjà le goût était dans sa bouche de ce
qu'il allait vomir. Le malade lui dit : « Em-
brasse-moi. » Et il regardait ardemment ce fils
qui, l'avant-veille, dans l'allée des vignes, avait
essuyé sa face. Mais, venu du jour dans cette
pénombre, l'adolescent voyait mal les traits de
son père et il l'interrogea d'un ton rogue :

« Tu te rappelles notre conversation à propos de Maria Cross?

— Oui, eh bien? »

A ce moment, Raymond courbé sur ce corps
étendu, comme pour l'embrasser ou pour lui
donner un coup de couteau, découvrit deux
yeux pleins d'angoisse attachés à ses lèvres. Il
comprit que celui-là aussi souffrait : « Je le savais, songe-t-il, depuis le soir où il m'a appelé
menteur... » Aucune jalousie chez Raymond,

incapable d'imaginer que son père ait jamais pu
être un amant; aucune jalousie, mais un étrange
désir de larmes, mêlé d'irritation et de moquerie : pauvres joues grises sous la barbe clairsemée! et cette voix serrée qui implore :

« Eh bien quoi? Qu'est-ce que tu sais? Dis
vite.

— On m'avait trompé, papa; il n'y a que toi
qui connaisses bien Maria Cross, je tenais à te le
dire. Et maintenant, repose-toi. Que tu es pâle!
Tu es sûr que c'est bon pour toi, cette diète? »

Raymond écoute avec stupeur ses propres paroles — le contraire de ce qu'il aurait voulu
crier. Il pose sa main sur le front aride et triste,
— celle que tenait tout à l'heure Maria Cross.
Le docteur la trouve fraîche, cette main; il a
peur qu'elle ne s'écarte.

« Mon opinion sur Maria est faite depuis
longtemps... »

Comme Mme Courrèges rentrait dans la
chambre, il mit un doigt à ses lèvres. Raymond,
sans bruit, s'éloigna.

La mère du docteur apporta une lampe à pétrole (parce que, faible comme il était, l'électricité lui aurait fait mal aux yeux) et, l'ayant
posée sur la commode, baissa l'abat-jour. Cette
lumière circonscrite, cette lumière d'autrefois
recréa le monde mystérieux des chambres qui

n'existent plus, où luttait une veilleuse contre
la pénombre épaisse, pleine de meubles à demi
submergés. Le docteur aimait Maria, mais il
était détaché d'elle : il l'aimait comme les morts
doivent nous aimer. Elle rejoignait toutes ses
autres amours, depuis son adolescence... Suivant
cette piste, le docteur s'avisa qu'un sentiment
l'avait toujours occupé, d'année en année, pareil
à celui dont il finissait à peine de souffrir; il en
pouvait remonter la filière monotone; énumérer
les noms de ses passions presque toutes demeu-
rées aussi vaines... Et pourtant il avait été
jeune... Ce n'était donc pas seulement l'âge qui
le séparait de Maria Cross : à vingt-cinq ans, il
n'aurait pas su mieux franchir le désert entre
lui et cette femme. A peine sorti du collège, à
l'âge qu'avait maintenant Raymond, il se souvenait d'avoir aimé sans une minute d'espoir...
C'était une loi de sa nature de ne pouvoir
atteindre ceux qu'il chérissait; il n'en avait jamais eu plus nettement conscience que dans les
demi-réussites où il ramenait contre soi l'objet
tant convoité, et soudain diminué, si appauvri,
si différent de ce que le docteur avait éprouvé,
de ce qu'il avait souffert à son propos. Non, il
n'avait pas à chercher dans son miroir la raison
de cette solitude où il lui faudrait mourir. D'autres hommes, comme avait été son père, comme

serait sans doute Raymond, jusque dans la vieillesse, suivent leur loi, obéissent à leur vocation
amoureuse; et lui, jusque dans sa jeunesse, il
avait obéi à son destin solitaire.

Ces dames étant descendues pour le dîner, il
entendit un bruit de son enfance : les cuillers
contre les assiettes; mais, plus proche de son
oreille et de son cœur, étaient ce froissement de
feuilles dans l'ombre, les grillons, ce crapaud
content qu'il ait plu. Puis ces dames remon-
tèrent. Elles disaient :

« Tu dois être bien faible...

— Je ne pourrais pas me tenir debout. »

Mais comme c'était un remède que la diète,
elles se réjouissaient de sa faiblesse.

« Tu dois sentir le besoin de prendre... »

Cette faiblesse l'aidait à se retrouver enfant.
Les deux femmes causaient à mi-voix; le docteur
entendait un nom, les interrogeait :

« Est-ce que ce n'était pas une demoiselle
Malichecq?

— Tu nous écoutes?... Je croyais que tu dor-
mais... Non, c'est sa belle-sœur qui est une Malichecq... Elle est une Martin. »

Mais le docteur dormait lorsque vinrent les
Basque et ne rouvrit un œil qu'après avoir entendu se fermer les portes de leurs chambres.

Puis sa mère roula un tricot, se leva lourdement
l'embrassa au front, sur les yeux, dans le cou,
dit : « Tu n'es pas chaud... » Il demeura seul
avec Mme Courrèges qui gémit :

« Raymond a encore pris le dernier tram
pour Bordeaux : Dieu sait à quelle heure il
rentrera; il avait une tête, ce soir! une tête à
faire peur... Quand il aura épuisé l'argent de ses
étrennes, il va nous faire des dettes... Si ça n'est
déjà pas commencé... »

Le docteur dit à mi-voix : « Notre petit Raymond... dans sa dix-neuvième année, déjà... » et
frémit, pensant à ces rues désertes de Bordeaux,
la nuit; il se souvint de ce matelot dont le corps
étendu le fit trébucher, un soir, et dont la
figure, la poitrine étaient souillées de vin et de
sang. Des pas traînèrent encore à l'étage supé-
rieur... un chien aboya furieusement du côté
des communs. Mme Courrèges tendit l'oreille :

« J'entends quelqu'un marcher... Ce ne peut
pas être encore Raymond; le chien se serait
calmé. »

Quelqu'un avançait vers la maison, mais sans
précaution, et affectant au contraire de ne pas
se cacher. Les volets de la porte-fenêtre furent
secoués. Mme Courrèges se pencha :

« Qui est là?

— On demande le docteur, c'est pressé.

— Le docteur ne se dérange pas la nuit, vous le savez bien. Allez au village, chez le docteur Larue. »

L'homme, qui tenait une lanterne à la main, insistait. Le docteur, encore somnolent, cria à sa femme :

« Dis-lui qu'il n'y a rien à faire... Ce ne serait pas la peine d'habiter la campagne, exprès pour n'être pas dérangé la nuit...

— Impossible, monsieur : mon mari ne fait que la consultation... Il s'est d'ailleurs engagé vis-à-vis du docteur Larue...

— Mais, Madame, il s'agit d'une de ses clientes, une voisine... Quand il saura son nom, il viendra. C'est Mme Cross, Mme Maria Cross, qui a fait une chute sur la tête.

— Maria Cross? Pourquoi voulez-vous qu'il se dérange pour elle plutôt que pour n'importe qui? »

Mais le docteur, ayant entendu ce nom, s'était levé, il avait bousculé un peu sa femme et penché dans la nuit :

« C'est vous, Maraud? Je ne reconnaissais pas votre voix... Qu'est-il arrivé à Madame?

— Une chute, Monsieur, sur la tête... Elle a le délire; elle appelle Monsieur le docteur.

— Cinq minutes... le temps de m'habiller... »
Il ferma la fenêtre, chercha ses vêtements.

« Tu ne vas pas y aller? »

Il ne répondit pas, s'interrogeant à mi-voix :
« Où sont mes chaussettes? » Sa femme protestait : ne venait-il pas à l'instant de déclarer qu'il
ne se dérangeait à aucun prix, la nuit? Pourquoi
ce changement? Il ne tenait pas debout, s'éva-
nouirait de faiblesse.

« Il s'agit d'une cliente; tu comprends qu'il
n'y a pas à hésiter. »

Elle répéta, sarcastique :

« Oui, je comprends, j'y ai mis le temps, mais
je comprends. »

A cette minute, Mme Courrèges ne soupçonnait pas encore son mari et ne cherchait qu'à le
blesser. Mais lui, sûr de son détachement, de son
renoncement, ne se méfiait pas. Après la passion
qui l'avait torturé, rien ne lui paraissait moins
coupable, ni plus avouable que sa tendre alarme
de ce soir. Il ne songeait pas que sa femme ne
pouvait comme lui comparer les états anciens et
l'état présent de son amour pour Maria Cross.
Deux mois plus tôt, il n'eût pas osé montrer son
angoisse comme il faisait, ce soir. Au plus brûlant d'une passion, nos gestes d'instinct la dissi-
mulent; mais lorsque nous avons renoncé à sa
joie, que nous acceptons une faim et une soif
éternelles, c'est bien le moins, songeons-nous, de
ne plus nous exténuer à donner le change

« Mais non, ma pauvre Lucie, tout cela est
loin de moi, maintenant... Tout cela est bien
fini. Oui, je suis très attaché à cette malheu-
reuse; mais ça n'a rien à voir... »

Il s'appuya contre le lit, murmura : « C'est
vrai, je suis à jeun », demanda à sa femme de
lui faire du chocolat sur la lampe à esprit-de-vin.

« Si tu crois que je trouverai du lait à cette
heure! Il n'y a probablement plus de pain à la
cuisine. Mais quand tu auras soigné cette fille,
elle te préparera un petit souper... Le dérange-
ment vaut bien ça!

— Que tu es sotte, ma pauvre amie! Si tu
savais... »

Elle lui prit une main, et lui parla de tout
près :

« Tu as dit : « Tout cela est fini... tout cela
« est loin de moi. » C'est donc qu'il y a eu
quelque chose entre vous? Quoi? J'ai le droit
de le savoir. Je ne te reprocherai rien, mais je
veux savoir. »

Essoufflé, le docteur dut s'y reprendre à deux
fois pour se chausser. Il grommelait : « Je parlais en général... Ça ne se rapportait pas à Maria
Cross... Voyons, Lucie, tu ne m'as pas regardé. »
Mais elle repassait en esprit les derniers mois
écoulés : Ah! oui, elle tenait la clef enfin! Tout
s'expliquait, tout lui paraissait clair.

« Paul, ne va pas chez cette femme. Je ne t'ai
rien demandé, jamais... Tu peux bien m'accor-
der cela. »

Il protestait doucement que cela ne dépendait
pas de lui. Il se devait à un client malade, peut-
être près de mourir : une chute sur la tête, ce
pouvait être la mort.

« Si tu m'empêches de sortir, tu seras respon-
sable de cette mort. »

Elle se détacha de lui, ne trouvant plus rien à
répondre. Elle balbutiait, tandis qu'il s'éloignait : « C'est peut-être un coup monté, ils se
sont donné le mot... » puis se souvint que le
docteur n'avait pris aucune nourriture depuis
la veille. Assise sur une chaise, elle était attentive au murmure des voix dans le jardin.

« Oui, elle est tombée de la fenêtre... ça ne
peut être qu'un accident : elle n'aurait pas
choisi, pour se détruire, la fenêtre du salon, à
l'entresol... Oui, le délire. Elle se plaint de la
tête... ne se souvient de rien. »

Mme Courrèges entendit que son mari or-
donnait à l'homme d'aller chercher de la glace
au village : il en trouverait à l'auberge ou chez
le boucher; il faudrait prendre aussi chez le
pharmacien du sirop de bromure.

« Je passerai par le bois de Berge. Ce sera
moins long que si je faisais atteler...

— Vous n'aurez pas besoin de lanterne : avec ce clair de lune, on y voit comme en plein jour. »

Le docteur avait à peine franchi le petit portail des communs, qu'il entendit courir derrière lui; une voix haletante l'appelait par son prénom. Alors, il reconnut sa femme en robe de chambre, avec sa natte pour la nuit, et qui, à bout de souffle et ne pouvant parler, lui tendait un morceau de pain rassis et une barre de gros chocolat.

*

Il traversa le bois de Berge où la lune tachait les clairières sans que sa blancheur pût percer les feuilles, mais elle régnait sur la route et s'y épandait comme dans un lit creusé pour sa clarté. Ce pain et ce chocolat avaient le goût de ses goûters de pensionnaire, — le goût de son bonheur, à l'aube, quand il partait pour la chasse, que ses pieds étaient baignés de rosée et qu'il avait dix-sept ans. Etourdi par le choc, il commençait à peine de sentir la douleur : « Si Maria Cross allait mourir... pour qui avait-elle voulu mourir? Mais l'avait-elle voulu? Elle ne se rappelle rien. Ah! qu'ils sont assommants, ces « choqués » qui ne se rappellent jamais rien, et recouvrent de ténèbres le moment essentiel de

leur destinée! Mais il ne faudra pas l'interroger :
d'abord que son cerveau travaille le moins possible... Tu n'es qu'un médecin à son chevet,
rappelle-toi. Non, ce n'est pas un suicide :
quand on veut mourir, on ne choisit pas une
fenêtre de l'entresol. Elle ne se drogue pas, que
je sache... C'est vrai que sa chambre sentait
l'éther un soir... mais c'était un soir de migraine... »

Au-delà de son angoisse étouffante, aux
confins de sa conscience, un autre orage grondait, — il éclaterait à son heure : « Cette
pauvre Lucie, jalouse! quelle misère! Il sera
temps d'y songer plus tard. Me voici arrivé...
On dirait un jardin de théâtre sous la lune...
C'est bête comme un décor de *Werther*... Je
n'entends pas crier. » La porte principale était
entrebâillée. Le docteur se dirigea par habitude
vers le salon désert, revint sur ses pas, monta un
étage. Justine ouvrit la porte de la chambre. Il
s'approcha du lit où Maria Cross gémissante
écartait de la main une compresse qui couvrait
son front. Il ne vit pas ce corps où était collé le
drap et que si souvent il avait, en pensée, dé-
vêtu. Il ne vit ni les cheveux défaits, ni le bras
découvert jusqu'à l'aisselle; mais cela seul l'intéressait qu'elle l'eût reconnu, que le délire ne
fût qu'intermittent. Elle répétait : « Qu'est-il

arrivé, docteur? Qu'est-ce qu'il y a eu? » Il enregistra : amnésie. Et maintenant, penché sur cette poitrine nue dont naguère la douce vie voilée le faisait frémir, il écoute le cœur, puis, touchant d'un doigt léger le front blessé, il trace les frontières de la blessure : « Ça vous fait mal là? et là?... et là? » Elle souffrait aussi de la hanche; il rabattit le drap avec précaution, ne dénuda que l'étroit espace contusionné, puis le recouvrit. L'œil sur sa montre, il compte les pulsations. Ce corps lui était livré pour qu'il le guérît et non pour qu'il le possédât. Ses yeux savent qu'il ne s'agit pas pour eux de s'enchanter, mais d'observer; il regarde ce corps ardemment, de toute son intelligence; son esprit lucide barre la route au triste amour.

Elle gémissait : « Je souffre... Que je souffre... » écartait la compresse, en réclamait une nouvelle que la servante trempait dans la bouilloire. Le chauffeur rentra avec un seau où était la glace; mais quand le docteur voulut l'appliquer sur le front de Maria, elle repoussa la calotte de caoutchouc, réclama une compresse chaude d'un ton impérieux; elle criait au docteur : « Dépêchèz-vous donc un peu; il vous faut une heure pour exécuter mes ordres! »

Le docteur s'intéressait fort à ces symptômes qu'il avait observés chez d'autres « choqués ».

Ce corps qui était là, cette source charnelle de
ses songes, de ses rêveries désolées, de ses délec-
tations, ne suscite plus en lui qu'une curiosité
intense, qu'une attention décuplée. La malade
parlait maintenant sans délirer, mais avec abondance; et le docteur admirait que Maria dont
l'élocution était d'ordinaire si défectueuse, qui
avait coutume de chercher ses mots et de ne
pas les trouver toujours, fût soudain presque
éloquente, tombât sans effort sur l'expression la
plus juste, sur le terme savant. Quel mystère,
songe-t-il, que ce cerveau dont un seul choc
décuple la puissance!

« Non, docteur, non : je n'ai pas voulu mourir. Je vous défends de croire que j'en ai eu le
désir. Je ne me rappelle rien, mais ce qui est
sûr, c'est que je n'ai pas voulu mourir, mais
dormir. Je n'ai jamais aspiré qu'au repos. Si
quelqu'un s'est vanté de m'avoir réduite à mourir, je vous défends de le croire; vous me comprenez? Je vous l'in-ter-dis.

— Oui, mon amie... Je vous jure que personne ne s'est vanté... Soulevez-vous un peu;
avalez cela : c'est du bromure... Ça vous cal-
mera.

— Je n'ai pas besoin d'être calmée. Je
souffre, mais je suis calme. Eloignez donc la
lumière. Tant pis, j'ai taché les draps. Je ren-

verserai encore votre drogue, si cela me plaît... »

Et comme le docteur lui demandait si elle souffrait moins, elle répondit qu'elle souffrait au-delà de tout, mais que ce n'était pas seulement de sa blessure; et verbeuse, elle éleva de nouveau la voix, ce qui inspira à Justine cette réflexion : « Madame parle comme un livre. » Le docteur lui dit d'aller se reposer, et qu'il veillerait seul jusqu'au matin.

« Quelle autre issue que le sommeil, docteur, je vous le demande? Tout me paraît si clair maintenant! Je comprends ce que je ne comprenais pas; ces êtres que nous croyons aimer... ces amours misérablement finies... je connais la vérité maintenant... (Elle repoussa de la main la compresse refroidie, et ses cheveux mouillés restèrent collés à son front, comme suants.) Non pas des amours, mais un seul amour en nous; — et nous ramassons au hasard des rencontres, au hasard des yeux et des bouches, ce qui pourrait y correspondre peut-être. Quelle folie d'espérer atteindre cet objet... Songez qu'il n'est aucune autre route entre nous et les êtres que toucher, qu'étreindre... la volupté enfin! Nous connaissons bien pourtant à quoi mène ce chemin, et pourquoi il fut tracé : pour continuer l'espèce, comme vous dites, docteur, et pour cela seulement. Oui, comprenez-vous, nous empruntons la seule route possible, mais qui n'a pas été frayée vers ce que nous cherchons... »

Le docteur n'avait prêté d'abord qu'une attention distraite à ce discours qu'il n'essayait pas de comprendre, curieux seulement de cette confuse éloquence, comme si l'ébranlement physique eût suffi pour désengourdir à demi en elle des idées endormies.

« Docteur, il faudrait aimer le plaisir. Gaby disait : « Mais non, ma petite Maria, c'est la « seule chose au monde qui ne m'ait jamais dé- « çue, figurez-vous. » Hélas! le plaisir n'est pas à la portée de tous... Je ne suis pas à la mesure du plaisir... Lui seul pourtant nous fait oublier l'objet que nous cherchons et il devient cet objet même. « Abêtissez-vous », c'est facile à dire. »

Le docteur songe qu'il est curieux qu'elle applique à la volupté le précepte de Pascal touchant la Foi. Pour la calmer coûte que coûte et pour qu'elle repose, il lui présente une cuiller de sirop; mais, l'ayant repoussée, elle en salit encore ses draps.

« Non, non, pas de bromure : je suis bien libre de le jeter sur mon lit. Ce n'est pas vous qui m'en empêcherez! »

Et, sans transition, elle prononça :

« Toujours entre ceux que j'ai voulu possé-

der et moi, s'étendait ce pays fétide, ce maré-
cage, cette boue... Ils ne comprenaient pas... Ils
croyaient que c'était pour que nous nous enli-
sions ensemble que je les avais appelés... »

Ses lèvres remuaient. Et le docteur imagina
qu'elle murmurait des noms, des prénoms; il se
pencha sur elle avidement, mais n'entendit pas
celui qui l'aurait bouleversé. Quelques secondes,
il oublia sa malade, ne vit plus qu'une femme
menteuse, gronda :

« Comme les autres, allons donc! comme les
autres vous ne cherchez vous aussi que ça : le
plaisir... Mais tous, tous, nous ne cherchons
que ça... »

Elle releva ses beaux bras, cacha sa figure,
gémit longuement. Le docteur murmura :
« Mais qu'est-ce que j'ai? Je suis fou! » Il renouvela la compresse, remplit encore une cuiller
de sirop, soutint un peu la tête douloureuse.
Maria consentit enfin à boire; et après un
silence :

« Oui, moi aussi, moi aussi. Mais vous savez,
docteur, quand on voit l'éclair et qu'on entend
la foudre dans la même seconde? Eh bien, en
moi, le plaisir et le dégoût se confondent,
comme l'éclair et la foudre, — ils me frappent
ensemble. Il n'est pas d'intervalle entre le plaisir et le dégoût. »

Elle devint plus calme, ne parla plus. Le docteur s'assit dans un fauteuil, et il veillait, plein de pensées confuses. Il croyait Maria endormie, mais soudain sa voix rêveuse, pacifiée, s'éleva :

« Un être que nous pourrions atteindre, posséder — mais non dans la chair... par qui nous serions possédés. »

Elle écarta d'une main incertaine le linge mouillé de son front; puis ce fut le silence d'une nuit qui décline, l'heure du sommeil le plus profond; les astres ont changé de place, et nous ne les reconnaissons pas.

« Son pouls est calme; elle dort comme un enfant dont le souffle est si léger que tu te lèves pour t'assurer qu'il est vivant. Le sang monte à ses joues et les éclaire. Ce n'est plus un corps qui souffre; sa douleur ne le défend plus contre ton désir. Faudra-t-il que ta chair tourmentée veille longtemps encore auprès de cette chair assoupie? Bonheur de la chair, songe le docteur. Paradis ouvert aux simples... Qui a dit que l'amour était un plaisir de pauvre? J'aurais pu être l'homme qui s'étend chaque soir, sa journée finie, auprès de cette femme; mais ce ne serait plus cette femme... Elle eût été mère plusieurs fois... Tout son corps porterait les traces de ce qui a servi et de ce qui s'use tous les jours à des besognes basses... Plus de désir : des habitudes sales... Le petit jour, déjà! Que cette servante tarde à venir! »

Le docteur craint de ne pouvoir marcher jusqu'à sa maison, se persuade que c'est la faim qui l'épuise, — redoute pourtant son cœur dont il compte les battements. L'angoisse physique le délivre de sa tristesse amoureuse; mais déjà, sans que rien ne l'en avertisse, la destinée de Maria Cross imperceptiblement se détache de la sienne : les amarres sont rompues, les ancres levées, le vaisseau bouge et l'on ne sait pas encore qu'il bouge; mais dans une heure, ce ne sera plus qu'une tache sur la mer. Le docteur avait souvent noté que la vie ignore les préparations : depuis l'adolescence, les objets de sa tendresse ont presque tous disparu d'un coup, emportés par une autre passion, ou, plus humblement, ils avaient déménagé, quitté la ville, n'avaient plus écrit. Ce n'est pas la mort qui nous prend ceux que nous aimons; elle nous les garde au contraire et les fixe dans leur jeunesse adorable : la mort est le sel de notre amour; c'est la vie qui dissout l'amour. Demain, le docteur sera étendu, malade, et sa femme assise à son chevet. Robinson surveillera la convalescence de Maria Cross et l'enverra aux eaux de Luchon parce que son meilleur ami y est installé et qu'il faut l'aider à se faire une clientèle. A

l'automne, M. Larousselle, que ses affaires ap-
pellent souvent à Paris, décidera de louer, près
du Bois, un appartement et proposera à Maria
Cross d'y vivre, puisqu'elle aimerait mieux mourir, dira-t-elle, que de rentrer dans la maison de
Talence aux tapis déchirés, aux rideaux pleins
de trous, et que de souffrir encore les insultes
des Bordelais.

A l'entrée de la servante dans la chambre,
même si le docteur ne s'était pas senti si faible,
au point que rien ne pouvait plus occuper son
esprit, sinon cette faiblesse, même s'il avait été
plein de force et de vie, aucune voix intérieure
ne l'eût averti de regarder longuement Maria
Cross endormie. Il ne devait jamais revenir dans
cette maison, et il dit pourtant à la servante :
« Je reviendrai ce soir... Donnez-lui encore une
cuiller de bromure, si elle s'agite. » Et comme
il titubait, devait se tenir aux meubles, ce fut
la seule fois qu'en quittant Maria Cross il ne
se retourna pas.

Il espérait que l'air frais de six heures lui
fouetterait le sang, mais dut s'arrêter au bas du
perron, ses dents claquaient. Ce jardin si souvent traversé en quelques secondes, lorsqu'il vo-
lait vers son amour, maintenant il en regarde le
portail, là-bas, et se dit qu'il n'aura pas la force
de l'atteindre. Il se traîne dans la brume, songe

à revenir sur ses pas; jamais il ne pourra marcher jusqu'à l'église où il trouverait du secours
peut-être. Voici le portail enfin; derrière la
grille, une voiture : la sienne; et il reconnaît, à
travers la vitre levée, la face immobile et comme
morte de Lucie Courrèges. Il ouvre la portière,
s'abat contre sa femme, appuie la tête à son
épaule, perd conscience.

*

« Ne t'agite pas. Robinson s'occupe de tout au
laboratoire; il suit tes malades... Il est en ce moment à Talence, tu sais où... Ne parle pas. »
Le docteur, du fond de l'abîme de fatigue,
observe l'angoisse de ces dames, perçoit derrière
la porte des chuchotements. Il ne doute pas
d'être très malade et n'ajoute aucune foi à leurs
observations : « Une simple grippe... mais tu
n'avais pas besoin de ça dans l'état d'anémie où
tu te trouves... » Il demande à voir Raymond et
Raymond est toujours sorti : « Il est venu pendant ton sommeil et n'a pas voulu te réveiller. »
Au vrai, depuis trois jours, le lieutenant Basque
cherchait vainement Raymond dans Bordeaux;
on n'avait mis qu'un policier amateur dans le
secret : « Surtout que ça ne se sache pas... »
Après six jours, Raymond entra un soir dans

la salle à manger, pendant qu'on était à table, —
maigri, la face boucanée, avec la marque d'un
coup de poing sous l'œil droit. Il mangeait vora-
cement et les petites filles elles-mêmes n'osaient
pas l'interroger. Il demanda à sa grand-mère où
était son père :

« Il est grippé... ce n'est rien, mais nous étions
un peu ennuyés à cause de son cœur. Robinson
dit qu'il ne faut pas le quitter. Nous le veillons,
ta mère et moi. »

Raymond déclara que c'était son tour, cette
nuit. Et comme Basque risquait : « Tu ferais
mieux d'aller dormir; si tu voyais ta tête... » il
protesta qu'il n'éprouvait aucune fatigue, qu'il
avait très bien dormi tous ces temps-ci :

« A Bordeaux, les lits ne manquent pas, vous
savez. »

Cela fut jeté sur un tel ton que Basque baissa
le nez. Plus tard, quand le docteur ouvrit les
yeux, il vit Raymond debout, et, l'ayant attiré
à lui, murmura : « Tu sens le musc... Je n'ai
besoin de rien; va te coucher. » Mais vers minuit, il fut tiré encore de son assoupissement
par les allées et venues de Raymond dans la
chambre. L'adolescent avait ouvert en grand la
fenêtre, y penchait son corps, grondait : « La
nuit est étouffante... » Des papillons entrèrent.
Raymond enleva sa veste, son gilet, son col, et

revint s'asseoir dans le fauteuil; le docteur en tendit, quelques secondes après, une respiration calme. Au petit jour, le malade s'éveilla avant celui qui le veillait et, stupéfait, il regardait son enfant, la tête pendante et sans souffle, comme tué par le sommeil. La manche de sa chemise était déchirée sur le bras musculeux, couleur de cirage, où apparaissait un tatouage, de ceux que savent dessiner les marins.

XI

La porte tournante du petit bar ne cessait de tourner; autour des couples dansants se resserrait le cercle des tables et, sous leurs pas, comme la peau de chagrin, se contractait le tapis de cuir : en de si étroites limites les danses n'étaient plus que verticales. Sur les banquettes, les femmes riaient de voir, à leurs bras écrasés les uns contre les autres, la trace écarlate d'une caresse involontaire. Celle qui s'appelait Gladys et son compagnon s'enveloppaient de fourrures :

« Alors, vous ne venez pas? »

Larousselle leur affirma qu'ils partaient au moment où ça commençait d'être amusant. Les deux mains enfoncées dans les poches, les épaules balancées, le ventre provocant, il alla se jucher sur un haut tabouret, fit rire le barman et des jeunes hommes auprès desquels il se flattait de détenir le secret d'un cocktail aphrodisiaque. Maria, seule à sa table, but encore une

gorgée de champagne, posa son verre. Elle souriait dans le vague, indifférente à la présence de
Raymond, — tout occupée d'il ne savait quelle
passion, — défendue contre lui, séparée de lui
par ce qu'accumulent dix-sept années dans une
existence. Plongeur étourdi et aveugle, Raymond surgissait du fond des années mortes, remontait à la surface. Pourtant, ce qui, du passé
confus, lui appartenait en propre, n'était qu'une
mince route vite parcourue entre d'épaisses ténèbres; le museau à terre, il avait suivi sa piste,
ignorant toutes les autres qui croisaient la
sienne... Mais ce n'est plus le temps de rêver :
à travers la fumée et les couples, Maria Cross lui
a jeté un regard vite détourné. Pourquoi ne lui
a-t-il même pas souri? Raymond s'effare de ce
qu'après tant d'années se recompose, sous l'œil
de cette femme, l'adolescent qu'il fut : timide,
empêtré d'un désir sournois. Ce Courrèges, fameux pour ses audaces, frémit, ce soir, parce
que d'une seconde à l'autre Maria Cross peut se
lever, disparaître; n'essaiera-t-il d'aucune ma-
nœuvre? Il subit cette fatalité qui nous
condamne au choix exclusif, immuable, qu'une
femme fait en nous de certains éléments; et elle
ignorera éternellement tous les autres. Rien à
faire contre les lois de cette chimie : chaque être
à qui nous nous heurtons dégage en nous cette

part toujours la même et que le plus souvent nous eussions voulu dissimuler. C'est notre douleur de voir l'être aimé composer sous nos yeux l'image qu'il se fait de nous, abolir nos plus précieuses vertus, mettre en pleine lumière cette faiblesse, ce ridicule, ce vice... Et il nous impose sa vision, il nous oblige de nous conformer, tant qu'il nous regarde, à son étroite idée. Et il ne saura jamais qu'aux yeux de tel autre, dont l'affection ne nous est d'aucun prix, notre vertu éclate, notre talent resplendit, notre force paraît surnaturelle, notre visage celui d'un dieu.

Redevenu sous le regard de Maria Cross un adolescent honteux, Courrèges ne souhaitait plus de se venger : son humble désir était que cette femme connût sa carrière amoureuse et toutes ses victoires depuis qu'à peine chassé de Talence, il fut à la lettre enlevé, nourri par une Américaine qui le garda six mois au Ritz (la famille croyait qu'il était à Paris pour préparer Centrale). Mais justement, c'est cela qui n'est pas possible, lui semble-t-il : se révéler à Maria Cross différent de ce qu'il fut dans le salon « luxe et misère » étouffé d'étoffes, le jour qu'elle répétait, la face détournée : « J'ai besoin d'être seule, Raymond; comprenez-moi : il faut que je sois seule. »

C'était l'heure où déjà le flot se retire : mais les habitués du petit bar demeuraient qui, en même temps que de leur vestiaire, s'étaient débarrassés de leur douleur quotidienne. Cette jeune femme en rouge tournoyait de joie, les bras étendus comme des ailes, et l'homme la tenait par les hanches : qu'ils étaient heureux, ces deux éphémères unis en plein vol! Sur ses épaules énormes, un Américain avait une tête rase de petit garçon : attentif aux directions d'un dieu intérieur, il improvisait seul des pas, obscènes peut-être; et comme on applaudissait, il salua gauchement avec un sourire d'enfant heureux.

Victor Larousselle s'était rassis en face de Maria, et parfois il se retournait, dévisageait Raymond. Sa large face d'un rouge vineux (sauf, sous les yeux, ces poches bistrées) paraissait quémander un salut. En vain Maria le suppliait de regarder ailleurs : ce que Larousselle ne pouvait souffrir à Paris, c'était le nombre infini des têtes qu'il n'y connaissait pas. Dans sa ville, il n'était guère de figures qui ne lui rappelassent un nom, des alliances, et qu'il ne pût situer d'un coup d'œil, soit à sa droite parmi les gens auxquels on montre de la courtoisie, soit à sa gauche avec les réprouvés qu'on connaît mais qu'on ne salue

pas. Rien de plus commun que cette mémoire
des visages dont les historiens attribuent le pri-
vilège aux grands hommes : Larousselle se souvenait de Raymond pour l'avoir vu dans le
coupé de son père, autrefois, et pour lui avoir, à
l'occasion, tapoté la joue. A Bordeaux, sur le
trottoir de l'Intendance, il ne l'aurait manifesté
par aucun signe, — mais ici, outre qu'il ne s'ac-
coutumait pas à l'humiliation de n'être reconnu
de personne, son secret désir était que Maria ne
demeurât point seule, tandis qu'il faisait le fou
avec ces deux petites Russes. Attentif aux gestes
de Maria, Raymond suppose qu'elle détourne
Larousselle de lui adresser la parole; il se persuade qu'après dix-sept ans, elle voit toujours
en lui une brute maladroite et honteuse. Le
jeune homme entendit le Bordelais gronder :
« Et puis je le veux, hé! ça doit te suffire. » Un
sourire masqua la face mauvaise de cet homme
qui vint vers Raymond, avec l'assurance des
gens persuadés que leur poignée de main est
une grâce : « Il ne se trompait pas? c'était le fils
de ce bon docteur Courrèges? Mais sa femme se
souvenait très bien d'avoir connu Raymond
quand il était petit, du temps que le docteur la
soignait... » Il prit d'autorité le verre du jeune
homme, l'obligea de se placer auprès de Maria
qui retirait vite sa main à peine tendue; La-

rousselle un instant s'assit, puis se leva et, sans vergogne :

« Vous permettez, hé?... un instant... »

Déjà il avait rejoint au comptoir les deux petites Russes. Bien qu'il pût revenir d'une seconde à l'autre, et que rien ne fût plus urgent pour Raymond que de mettre à profit cette minute, le jeune homme demeurait silencieux. Maria détournait la tête; il sentait l'odeur des cheveux courts et vit, avec une émotion profonde, que quelques-uns étaient blancs; quelques-uns? des milliers peut-être... La bouche un peu forte, épaisse, — fruit par miracle intact encore, — fixait toute la sensualité de ce corps; et il ne restait qu'une lumière toute pure dans les yeux, sur le front découvert. Ah! qu'importait que la vague du temps eût battu, lentement rongé, amolli son cou, sa gorge! Elle dit, sans regarder le jeune homme :

« Mon mari est vraiment d'une indiscrétion... »

Raymond, aussi sot qu'on pouvait l'être à dix-huit ans, marqua sa stupeur qu'elle fût mariée.

« Vous ne le saviez pas? Tout Bordeaux le sait, voyons! »

Elle avait résolu d'opposer à Raymond un silence glacial, mais parut confondue qu'il exis-tât un homme au monde — surtout un Borde-

lais — qui ne sût pas qu'elle s'appelait maintenant Mme Victor Larousselle. Il s'excusa sur ce
qu'il n'habitait plus Bordeaux depuis des années. Alors elle ne put se défendre de violer
son vœu de silence : M. Larousselle s'était décidé, l'année après la guerre... Il hésitait depuis
longtemps déjà à cause de son fils...

« Et c'est Bertrand qui, à peine démobilisé,
nous a suppliés de conclure ce mariage. Moi, je
n'y tenais guère; j'ai cédé à des considérations
très hautes... »

Elle ajouta qu'elle aurait habité Bordeaux :

« ... mais Bertrand est à Polytechnique;
M. Larousselle passe ici quinze jours par mois;
cela fait un foyer pour le petit. »

Et soudain elle eut honte d'avoir parlé, de
s'être livrée; de nouveau distante, elle
demanda :

« Et ce cher docteur? La vie nous sépare de
nos meilleurs amis... »

Quelle joie ce lui serait de le revoir! Mais
comme Raymond, la prenant au mot, lui disait :
« Mon père est à Paris justement, au Grand-
Hôtel; il serait ravi... » elle tourna court, eut
l'air de n'avoir pas entendu. Impatient de l'irri-
ter, de déchaîner sa colère, il fit le brave enfin
et osa toucher au sujet brûlant :

« Vous ne m'en voulez plus de ma maladresse?

Je n'étais qu'un enfant grossier, et si naïf, au fond! Dites-moi que vous ne m'en voulez plus?

— Vous en vouloir? »

Elle feignit de ne pas le comprendre, puis :

« Ah! vous faites allusion à cette scène absurde... mais je n'ai rien à vous pardonner; je crois bien que j'étais folle, à cette époque. Prendre au sérieux le gosse que vous étiez! Cela me paraît si dénué d'intérêt aujourd'hui! Vous ne sauriez croire comme c'est loin de moi. »

Il l'avait irritée, certes, — non de la manière qu'il avait cru. Tout ce qui lui rappelait l'ancienne Maria Cross, elle en avait horreur, mais ne jugeait que ridicule son aventure avec Raymond. Méfiante, elle se demandait s'il savait qu'elle avait peut-être voulu mourir... Non, il eût été plus fier, il n'aurait pas eu l'air si humble. Raymond avait tout prévu, sauf le pire — sauf cette indifférence.

« Je vivais repliée sur moi-même, en ce temps-là. Je mettais l'infini dans des billevesées. Il me semble que vous me parlez d'une autre femme. »

Raymond savait que la colère, que la haine sont des prolongements de l'amour; que s'il avait pu les réveiller dans Maria Cross, sa cause n'eût pas été sans espoir; mais il n'excite rien que l'agacement de cette femme, la honte de s'être livrée autrefois à de si pauvres yeux, en si piètre compagnie. Et comme elle ajoutait sur un ton de persiflage :

« Alors vous avez cru que ces bêtises pouvaient compter dans ma vie? »

Il gronda qu'elles avaient compté dans la sienne, — aveu qu'il ne s'était jamais fait à lui-même et qui lui échappait, enfin. Cette pauvre histoire de son adolescence, il ne doutait pas que tout son destin s'en fût ressenti; il souffrait, il entendait la voix calme de Maria Cross :

« Bertrand a bien raison de dire que nous ne commençons à vivre de notre vraie vie qu'après vingt-cinq ou trente ans. »

Il sentait confusément que ce n'était pas vrai, et qu'à la fin de l'adolescence tout ce qui doit s'accomplir a pris corps en nous. Au seuil de notre jeunesse, les jeux sont faits, rien ne va plus; peut-être sont-ils faits depuis l'enfance : telle inclination, enfouie dans notre chair avant qu'elle fût née, a grandi comme nous, s'est combinée avec la pureté de notre adolescence, et, lorsque nous avons atteint l'âge d'homme, a fleuri brusquement sa monstrueuse fleur.

Raymond désemparé, tout contre cette femme inaccessible, se souvint alors de ce qu'il avait si ardemment souhaité d'apprendre à Maria; et bien qu'il acquît la certitude, à mesure qu'il

parlait, que ses paroles étaient les moins oppor-
tunes, déclara que « bien sûr, cette histoire ne
l'avait pas empêché de connaître l'amour... et
comment! Sans doute avait-il eu plus de femmes
qu'aucun garçon de son âge — de femmes qui
comptent : il ne parlait pas des grues... Maria
Cross lui avait plutôt porté bonheur. » Elle
rejeta la tête et, les yeux mi-clos, l'interrogea
d'un air de dégoût : de quoi se plaignait-il...

« ... Puisque pour vous, sans doute, il n'y a
que cette saleté qui compte. »

Elle alluma une cigarette, appuya contre le
mur sa nuque rasée, suivit à travers la fumée le
tournoiement de trois couples. Comme le jazz
reprenait haleine, les hommes se détachèrent des
femmes et ils battaient des mains, puis les tendaient vers les nègres, avec le geste des sup-
pliants — comme si leur vie eût dépendu de ce
vacarme; les noirs miséricordieux se déchaînèrent alors, et les éphémères, soulevés par le
rythme, volèrent derechef, accolés.

Cependant Raymond, haineusement, considérait cette femme aux cheveux coupés et qui
fumait, cette Maria Cross, il chercha et trouva
enfin le mot qu'il fallait pour la mettre hors
des gonds :

« Tout de même, vous êtes ici. »

Elle comprit qu'il voulait dire : on revient

toujours à ses premières amours. Il eut le plaisir
de voir s'empourprer ce visage et se rapprocher
durement les sourcils :

« J'ai toujours exécré ces sortes d'endroits; il
faut que vous me connaissiez bien mal! Votre
père, lui, doit se souvenir de mon martyre
lorsque M. Larousselle me traînait au *Lion
Rouge*. Il ne servirait de rien que je vous dise
que je suis ici par devoir — oui, par devoir...
Mais un homme de votre espèce, que peut-il
comprendre à mes scrupules? C'est Bertrand lui-
même qui me conseille de céder, dans une mesure raisonnable, aux goûts de mon mari. Si
je veux garder quelque influence, il ne faut pas
trop tirer sur la corde. Bertrand est très large,
vous savez : il m'a suppliée de ne pas résister à
son père qui voulait que je retranche mes cheveux... »

Ce nom de Bertrand, il suffit que Maria le
prononce pour être détendue, apaisée, attendrie.
Raymond revoit en esprit une allée déserte du
Parc Bordelais à quatre heures, un enfant essoufflé qui le poursuit; il entend sa voix pleine de
larmes : « Rendez-moi mon cahier... » Ce garçon
fluet, quel homme est-il devenu? Raymond
cherche à blesser :

« Vous voilà avec un grand fils, maintenant... »

Non, elle n'est pas blessée; elle sourit, heureuse :

« C'est vrai que vous l'avez connu au collège... »

Raymond existe à ses yeux soudain : il est un
ancien condisciple de Bertrand.

« Certes, un grand fils; mais un fils qui serait
à la fois un ami, un maître. Vous ne pouvez
savoir ce que je lui dois...

— Oui, vous m'avez dit : votre mariage.

— Mon mariage, en effet — mais ce ne serait
rien. Il m'a révélé... mais non, vous ne pouvez
comprendre. Tout de même, je songeais à l'instant que vous aviez été son camarade. J'aimerais
savoir quel enfant il était; j'ai souvent interrogé mon mari; c'est incroyable qu'un père ne
trouve rien à dire sur ce que fut son fils : « un
gentil enfant comme tous les autres », me
répète-t-il. Au vrai, il n'y a guère apparence que
vous ayez su mieux l'observer. D'abord, vous
êtes tellement plus âgé! »

Raymond gronde : « quatre ans, cela n'est
rien », et il ajoute :

« Je me rappelle un gosse à tête de fille. »

Elle ne se fâcha pas, mais répondit avec un
dédain paisible qu'elle imaginait assez qu'ils
n'étaient pas faits pour s'entendre. Raymond
comprit qu'aux yeux de Maria, son beau-fils pla-

naît au-dessus de lui à une distance incommen-
surable. Elle pensait à Bertrand; elle avait bu
du champagne et souriait aux anges; elle frappa
des mains, elle aussi, comme les éphémères désu-
nis, pour que la musique aidât encore à son
enchantement. Dans la mémoire de Raymond,
que restait-il des femmes qu'il avait possédées?
Certaines, à peine les eût-il reconnues. Mais il
n'a guère vécu de jours, durant ces dix-sept années, sans éveiller en lui, sans insulter, sans
caresser cette figure dont il voit de tout près, ce
soir, le profil. Elle était si loin de lui, à cette
minute, que ce lui fut insupportable et que,
pour se rapprocher d'elle à tout prix, il prononça encore le nom de Bertrand :

« Il va bientôt quitter l'Ecole? »

Elle répondit complaisamment que c'était sa
dernière année; il avait perdu quatre ans à cause
de la guerre; elle espérait bien qu'il sortirait
dans les premiers. Et comme Raymond ajoutait
que sans aucun doute Bertrand succéderait à
son père, Maria protesta qu'on lui laisserait le
temps de réfléchir. Elle était d'ailleurs assurée
qu'il s'imposerait n'importe où. Raymond ne
pouvait comprendre ce que valait cette âme :

« A l'Ecole, son rayonnement est extraordinaire... Mais je ne sais pas pourquoi je vous dis
ces choses... »

Elle eut l'air de descendre du ciel pour demander : « Et vous? que faites-vous?

— Des affaires... je bricole... »

Et soudain sa vie lui apparut misérable. A peine avait-elle écouté : elle ne le méprisait même pas; il n'existait pas à ses yeux. A demi levée, Maria faisait des signes à Larousselle toujours pérorant sur son tabouret; il cria : « Encore une petite minute! » Elle dit à mi-voix : « Qu'il est rouge! il boit trop... » Les nègres enveloppaient leurs instruments comme des enfants endormis. Seul le piano semblait ne pouvoir s'arrêter : un couple tournoyait encore; les autres, sans se désunir, s'étaient abattus. Voici l'heure que Raymond Courrèges a souvent savourée : l'heure des griffes rentrées, des yeux pleins de douceur, de la voix sourde et des mains insidieuses... En ce temps-là, il souriait. songeait à ce qui viendrait après : lorsque à sa sortie de la chambre, dans le petit jour, l'homme s'éloigne, sifflotant, et laisse derrière soi, en travers du lit, un corps recru, comme assassiné... Ah! certes, il n'eût pas ainsi abandonné Maria Cross! Il n'aurait pas eu trop de toute une vie pour se repaître de cette femme. Elle est tellement indifférente qu'elle ne s'aperçoit pas qu'il a rapproché son genou du sien : elle ne sent même pas le contact; il est sans pouvoir sur elle;

et cependant il l'a eue à portée de sa main, dans
ces années finies; elle a cru l'aimer. Il ne savait
pas; il n'était qu'un enfant, elle aurait dû l'avertir de ce qu'elle exigeait de lui; aucun caprice
ne l'eût rebuté; il eût avancé aussi lentement
qu'elle l'aurait voulu : il savait adoucir, au besoin, sa fureur... Elle en eût savouré la joie...
Trop tard maintenant : faudra-t-il attendre des
siècles pour que se renouvelle la conjonction de
leurs destins, dans le tramway de six heures? Il
leva les yeux, regarda dans les miroirs sa jeunesse décomposée, vit poindre les signes de la
décrépitude : le temps d'être aimé n'est plus;
voici le temps d'aimer, si tu en es digne. Il posa
sa main sur la main de Maria Cross :

« Vous vous souvenez du tramway? »

Elle haussa les épaules et, sans se retourner,
eut le front de demander : « Quel tramway? »
Puis, pour ne pas lui laisser le loisir de répondre :

« Vous seriez gentil d'aller chercher M. Larousselle et de réclamer le vestiaire... sinon nous
ne partirons jamais. »

Il semblait ne pas entendre. Elle avait fait
exprès de dire : « Quel tramway? » Il aurait
voulu protester que rien ne comptait dans sa
vie, hors ces minutes où ils furent assis face à
face, au milieu des pauvres dont le sommeil ren-

versait les faces charbonnées : un journal glissait
des mains lourdes, cette femme en cheveux
levait vers les lampes le feuilleton et sa bouche
remuait comme si elle eût prié. Des gouttes
d'orage creusaient la poussière de cette petite
route derrière l'église de Talence; un ouvrier à
bicyclette le dépassait, couché sur le guidon, et
il portait en bandoulière un sac de toile d'où
sortait une bouteille. Des feuillages poudreux
ressemblaient à travers les grilles à des mains
qui cherchent l'eau.

« Je vous en prie, soyez gentil, ramenez-moi
mon mari; il n'est pas habitué à tant boire,
j'aurais dû le retenir; il ne supporte pas les
alcools. »

Raymond, qui s'était rassis, se leva, et de nouveau eut horreur de son reflet dans les glaces.
A quoi sert-il d'être encore jeune? On peut être
encore aimé certes, mais on ne choisit plus.
Tout est possible à qui détient la splendeur
éphémère du printemps de l'être humain... Cinq
ans de moins et Raymond songe qu'il n'aurait
pas désespéré de sa chance : mieux que personne
il savait ce que la première jeunesse d'un
homme peut vaincre, chez une femme usée,
d'antipathies, de préférences, de pudeurs, de remords — ce qu'elle éveille de curiosités, d'appétits. Maintenant, il se croyait désarmé, et regar-

dait son corps comme, à la veille du combat, il
eût fait d'une épée rompue.

« Si vous ne vous décidez pas, j'irai moi-
même. On le fait boire... Comment vais-je le
ramener?... Mais quelle honte!

— Que dirait votre Bertrand s'il vous voyait
ici, à côté de moi, et son père là-bas?...

— Il comprendrait tout : il comprend tout. »

＊

Ce fut alors que retentit du côté du bar le
bruit d'un corps massif qui s'écroule. Raymond
se précipita et, avec l'aide du barman, voulut
relever Victor Larousselle dont les jambes demeuraient prises dans le tabouret renversé; et sa
main convulsive, pleine de sang, ne lâchait pas
une bouteille cassée. Maria, tremblante, jeta sur
les épaules du père de Bertrand une pelisse, en
releva le col pour cacher la face violette. Le barman disait à Raymond qui réglait l'addition
« qu'on ne savait jamais s'il ne s'agissait pas
d'une attaque »; et il porta presque le gros
homme jusqu'au taxi, tant il avait peur de
le voir « claquer » avant qu'il eût passé la
porte.

Maria et Raymond, assis sur les strapontins.

maintenaient l'ivrogne couché; une tache de sang s'élargissait sur le mouchoir autour de la main malade. Maria gémissait : « Cela ne lui arrive jamais... j'aurais dû me souvenir qu'il ne supporte que le vin... Vous me jurez de garder le silence? » Raymond exultait, saluait avec une immense joie ce retour de fortune. Non, il n'aurait pu être séparé de Maria Cross, ce soir. Quelle folie d'avoir douté de son étoile! Bien que ce fût la fin de l'hiver, la nuit était froide; une couche de grésil blanchissait la place de la Concorde sous la lune. Raymond retenait au fond de la voiture cette masse d'où sortaient des paroles confuses, des éructations. Maria avait ouvert un flacon de sels dont le jeune homme adora l'odeur vinaigrée; il se chauffait au feu du corps bien-aimé contre lui, profitait des brèves flammes de chaque réverbère pour s'emplir les yeux de ce beau visage humilié. Un moment, elle prit dans ses mains la lourde tête, affreuse à voir, du vieil homme et elle ressemblait à Judith.

Elle désirait par-dessus tout que le concierge ne s'aperçût de rien et fut trop heureuse d'agréer les services de Raymond pour traîner, jusqu'à l'ascenseur, le malade. A peine l'avaient-ils étendu sur un lit, qu'ils virent que sa main saignait abondamment et que les prunelles

étaient révulsées. Maria s'affolait, maladroite, incapable de rendre aucun des soins familiers aux
autres femmes... Fallait-il aller réveiller les domestiques au septième! Mais quel scandale! Elle
décida de téléphoner à son médecin qui avait dû
mettre l'interrupteur, car elle n'obtint aucune
réponse. Elle éclata en sanglots. Raymond se souvint alors que son père était à Paris, eut la pensée de l'appeler, et en fit la proposition à Maria.
Sans lui dire merci, déjà elle cherche dans
l'annuaire le numéro du Grand-Hôtel.

« Le temps de s'habiller et de trouver un
taxi, mon père arrive. »

Maria, cette fois, lui prit la main; elle ouvrit
une porte, donna de la lumière :

« Voulez-vous l'étendre là? C'est la chambre
de Bertrand. »

Elle dit que le malade avait vomi, qu'il se
trouvait mieux; mais la blessure l'inquiétait encore. Raymond, quand elle se fut retirée, s'assit,
boutonna sa pelisse : le radiateur chauffait mal.
Il écoute encore en lui la voix ensommeillée de
son père : qu'elle paraissait venir de loin! Depuis trois ans, ils ne s'étaient pas revus ; depuis
la mort de la grand-mère Courrèges. A cette
époque, Raymond se trouvait dans de grands
embarras d'argent; peut-être avait-il réclamé sa

dot avec des paroles trop brutales; mais cela surtout avait piqué au vif le jeune homme, et précipité la rupture : les remontrances de son père
touchant des moyens d'existence qui faisaient
horreur à cet homme timoré; les mœurs de cour-
tier, d'intermédiaire, lui paraissaient indignes
d'un Courrèges; il avait prétendu exiger de
Raymond qu'il s'adonnât à une occupation ré-
gulière... Il sera là dans quelques instants; faudra-t-il l'embrasser, ou seulement lui tendre la
main?

Raymond s'interroge, mais un objet l'attire, le
retient : le lit de Bertrand Larousselle, — un
lit de fer si étroit, si sage sous sa cotonnade à
fleurs que Raymond éclate de rire : lit de vieille
fille ou de séminariste. Des murs nus, sauf un
seul tapissé de livres; la table de travail est
ordonnée comme une bonne conscience. « Si
Maria venait chez moi, songe Raymond, ça la
changerait... » Elle y verrait un divan si bas
qu'il se confond avec les tapis : toute créature
aventurée dans cette demi-ténèbre y goûte un
dangereux dépaysement, la tentation de céder à
des gestes qui ne l'engageront pas plus que
ceux qu'elle oserait dans une autre planète, —
que ceux qu'innocente le sommeil... Mais dans
la chambre où Raymond, ce soir, attendait, nul
rideau ne cachait les vitres glacées par la nuit

d'hiver : celui qui l'habitait voulait sans doute
que le petit jour, avant la première cloche,
l'éveillât. Raymond ne discerne pas les signes
d'une vie pure; cette chambre faite pour l'orai-
son, lui inspire la pensée que le refus en amour,
que le déni sont des retardements habiles dont
le plaisir bénéficie. Il déchiffra quelques titres
de livres, gronda : « Non! mais quel idiot! »
Rien ne lui fut plus étranger que ces histoires
d'un autre monde, ni qui lui donnât plus de
dégoût. Que son père tardait à venir! Il aurait
voulu n'être plus seul, se sentait moqué par cette
chambre. Il ouvrit la fenêtre et regarda les toits
sous la lune tardive.

« Votre père est là. »
Il ferma la fenêtre, suivit Maria dans la
chambre de Victor Larousselle, aperçut une
ombre penchée vers le lit, reconnut sur une
chaise l'énorme chapeau melon de son père,
cette canne à bec d'ivoire (son cheval, autrefois,
quand il jouait au cheval); mais le docteur
s'étant relevé, il ne le reconnut pas. Ce vieillard
qui lui souriait, qui l'attirait contre soi, il savait
pourtant que c'était son père.

« Pas de tabac, pas d'alcool, pas de café; des
viandes blanches à midi, pas de viande le soir,
et vous vivrez un siècle... Voilà! »

Le docteur répéta : Voilà — de cette voix
traînante, quand l'esprit est ailleurs. Ses yeux
ne quittaient pas Maria qui, le voyant
immobile, prit les devants, ouvrit la porte
et dit :

« Je crois que, maintenant, nous avons tous
besoin de sommeil. »

Le docteur la suivit dans le vestibule; il
répétait d'une voix timide : « C'est tout de
même une chance de nous être retrouvés... »
Lorsque hâtivement il s'habillait tout à l'heure,
et dans le taxi, il avait décidé que cette courte
phrase serait interrompue par Maria Cross
et qu'elle s'écrierait : « A présent que je
vous tiens, docteur, je ne vous lâche plus. »
Mais ce n'était pas cela qu'elle avait répondu
lorsque, dès le seuil, il s'était pressé de dire :
« C'est une chance tout de même... » Voici
qu'il répétait pour la quatrième fois la phrase
préparée, comme si, à force d'insistance, dût
surgir la réponse attendue. Mais non, Maria
lui tendait son manteau, ne s'énervait pas,
bien qu'il ne trouvât pas la manche; elle disait
doucement :

« C'est vrai que le monde est petit : ne nous
sommes-nous pas retrouvés ce soir? nous pouvons
nous rencontrer encore. »

Comme elle feignait de n'entendre pas

cette remarque du docteur : « Peut-être faudrait-il aider la chance... » il éleva la voix :

« Ne croyez-vous pas, madame, qu'il nous serait possible d'aider un peu la chance? »

Que les morts seraient embarrassants s'ils revenaient! Ils reviennent quelquefois ayant gardé de nous une image que nous souhaiterions ardemment de détruire, pleins de souvenirs que c'est notre passion d'oublier. Chaque vivant est embarrassé de ces noyés que le flux ramène.

« Je ne suis plus la paresseuse que vous avez connue. docteur; je vais aller m'étendre parce que je dois être levée dès sept heures. »

Elle fut froissée qu'il ne se récriât pas. Elle était assommée de se sentir couvée d'un œil tenace par ce vieillard qui répétait : « Alors vous ne croyez pas que nous puissions aider le hasard? Non? » Elle répondit, avec une bonne grâce un peu courte, qu'il connaissait son adresse :

« Moi, je ne vais guère à Bordeaux... Mais vous, peut-être... »

C'était tellement aimable de s'être dérangé!

« Si la lumière de l'escalier s'éteint, le bouton est là. »

Il ne bougeait pas, s'obstinait : Ne se ressentait-elle pas de sa chute? Raymond sortit de l'ombre et demanda : « Quelle chute? » Elle secoua la tête d'un air excédé; dit dans un grand effort :

« Savez-vous ce qui serait gentil, docteur? Nous pourrions nous écrire... Je ne suis plus une épistolière enragée; mais enfin, pour vous... »

Il répondit :

« S'écrire n'est rien : A quoi sert d'écrire quand on ne se voit pas?

— Mais c'est justement parce qu'on ne se voit pas!

— Non, non : ceux qui sont sûrs de ne se revoir jamais. croyez-vous qu'ils souhaitent que la vie artificielle d'une correspondance prolonge leur amitié? Surtout quand l'un s'aperçoit que c'est pour l'autre une corvée.... On devient lâche, en vieillissant, Maria; on a eu sa part; on redoute un surcroît de chagrin. »

Il ne lui en avait jamais tant dit; comprenait-elle enfin? Elle était distraite à ce moment. parce que Larousselle l'appelait, qu'il était cinq heures qu'elle avait hâte d'être débarrassée des Courrèges :

« Eh bien. c'est moi qui vous écrirai, docteur; et vous aurez la corvée de me répondre. »

Mais plus tard, comme, la porte fermée et verrouillée, elle rentrait dans la chambre, son mari l'entendit rire et lui demanda pourquoi elle riait.

« Tu ne sais pas ce que j'imagine? Tu ne te moqueras pas? Le docteur aurait été un peu amoureux de moi, à Bordeaux... cela ne m'étonnerait pas du tout. »

Victor Larousselle répondit, d'une bouche pâteuse, qu'il n'était pas jaloux; et une de ses plus vieilles plaisanteries lui revint : « Encore un qui est mûr pour la froide pierre. » Il ajouta que le pauvre homme avait eu sans doute une petite attaque; beaucoup de ses clients, qui n'osaient pas le lâcher, consultaient en secret d'autres médecins.

« Tu n'as plus mal au cœur? Tu ne sens plus ta main? »

Non, il ne souffrait plus :

« Pourvu que ça ne se sache pas à Bordeaux, mon histoire de ce soir.... Par le petit Courrèges peut-être?

— Il n' y va jamais. Dors... j'éteins. »

Elle s'assit dans l'ombre, ne bougea plus jusqu'à ce que se fût élevé un ronflement paisible. Alors elle sortit pour gagner sa chambre, hésita devant la porte entrebâillée de Bertrand, ne put se défendre de la pousser et, le seuil à peine franchi, renifla, furieuse, une odeur de tabac, une odeur humaine : « Il fallait que j'eusse perdu la tête pour introduire ici ce.... » Elle ouvrit au vent de l'aube, s'agenouilla un instant au pied du lit; ses lèvres remuèrent; elle appuya ses yeux à l'oreiller.

XII

COMME autrefois, dans le coupé aux vitres ruisselantes sur une route de banlieue, un taxi emportait le docteur et Raymond, sans que d'abord ils échangeassent plus de paroles que dans ces matins oubliés. Mais ce n'était pas le même silence : Raymond tenait la main du vieillard un peu affaissé contre lui; il dit :

« Je ne savais pas qu'elle fût mariée.

— Ils n'ont averti personne; du moins, je le crois, je l'espère... En tout cas, moi, je n'ai pas été averti. »

On disait que le jeune Bertrand avait tenu à cette régularisation. Le docteur cita ce mot de Victor Rousselle : « Je fais un mariage morganatique. » Raymond murmura : « C'est énorme! » Il observait à la dérobée, dans le petit jour, ce visage de supplicié, vit remuer les lèvres blanches. Cette face figée, ce masque de

pierre lui fit peur, et il chercha les premières
paroles venues :

« Comment va la famille? »

Tout le monde allait bien. Madeleine surtout
était admirable, disait le docteur; elle ne vivait
que pour ses filles, les menait dans le monde,
cachait ses larmes, se montrait digne enfin du
héros qu'elle avait perdu. (Le docteur ne manquait jamais d'exalter son gendre tué à Guise, ni
de lui faire amende honorable, s'accusait de
l'avoir méconnu : tant d'hommes ont eu pendant
la guerre une mort qui ne leur ressemblait pas!)
Catherine, l'aînée de Madeleine, était fiancée au
fils Michon, le troisième, on attendait qu'il eût
vingt-deux ans pour déclarer les fiançailles.

« Surtout, ne le dis pas. »

Il fit cette recommandation avec la voix de sa
femme, et Raymond se retint de répondre :
« Qui veux-tu que ça intéresse ici? » Le docteur s'interrompit, comme si l'eût assailli une
douleur aiguë. Le jeune homme se livrait à des
calculs : « Il a soixante-neuf ou soixante-dix
ans... Peut-on souffrir encore à cet âge, et après
tant d'années écoulées? » Il sentit alors sa propre
blessure, fut pris de peur : non, non, cela passerait vite; il se souvint de ce que répétait une
de ses maîtresses : « En amour, quand je
souffre, je me mets en boule, j'attends, je suis

sûre que l'homme pour qui je souhaite de mourir, demain peut-être ne me sera plus rien; l'objet de tant de souffrances ne vaudra plus un de mes regards : c'est terrible d'aimer et c'est honteux de ne plus aimer... » Pourtant ce vieillard, voilà dix-sept ans qu'il saigne : dans ces vies rangées, dans ces vies de devoir, la passion se conserve, se concentre; rien ne l'use, aucun souffle ne l'évapore; elle s'accumule, croupit, se corrompt, empoisonne, corrode le vase vivant qui l'enferme. Ils contournent l'Arc de Triomphe; entre les arbres chétifs des Champs-Elysées, la chaussée noire coule comme l'Erèbe.

« Je crois que j'ai fini de bricoler; on m'offre une place dans une usine : une fabrique de chicorée. Au bout d'un an, on me laisserait la direction. »

Le docteur répondit d'une voix distraite : « Je suis bien content, mon petit... » et soudain :

« Comment l'as-tu connue?

— Qui donc?

— Tu sais bien de qui je veux parler.

— Le camarade qui m'offre cette place?

— Mais non : Maria.

— Ça date de loin : quand j'étais en philosophie, nous échangions quelques mots dans le tramway, je crois.

— Tu ne me l'avais pas dit. Une seule fois, je m'en souviens, tu as raconté qu'un ami te l'avait montrée dans la rue.

— C'est possible... Après dix-sept ans, je ne me rappelle plus bien... Ah! oui; c'est au lendemain de cette rencontre qu'elle m'a adressé la parole — pour me demander de tes nouvelles, justement. Elle me connaissait de vue. Je crois que ce soir, d'ailleurs, sans son mari qui est venu à moi, elle m'eût fait le coup du mépris. »

Le docteur parut rassuré, se rencogna. Il murmura : « Et puis, qu'est-ce que cela peut me faire? qu'est-ce que cela peut faire? » Il fit le geste de déblayer, à deux mains pétrit sa figure, se redressa et, tourné un peu vers Raymond, faisant un effort pour échapper à soi, pour n'avoir plus souci que de son enfant :

« Une fois ta position assurée, marie-toi, mon petit. »

Et comme Raymond riait, protestait, le vieillard fit retour sur lui-même, retomba sur lui-même :

« Tu ne saurais croire comme il fait bon vivre au plus épais d'une famille... mais oui! On porte sur soi les mille soucis des autres; ces mille piqûres attirent le sang à la peau, tu comprends? Elles nous détournent de notre plaie secrète, de notre profonde plaie intérieure;

elles nous deviennent indispensables... Tu vois :
je voulais attendre la fin du Congrès, mais c'est
plus fort que moi : je vais prendre le train de
huit heures, ce matin... L'important, dans la
vie, c'est de se créer un refuge. A la fin, comme
au commencement, il faut qu'une femme nous
porte. »

Raymond marmonna : « Merci! plutôt cre-
ver... » et il regardait ce vieil homme réduit,
mangé aux vers.

« Tu ne peux pas imaginer quelle protec-
tion j'ai trouvée au milieu de vous. Une femme,
des enfants, cela nous entoure, nous presse, nous
défend contre la foule des choses désirables. Toi
qui ne me parlais guère, — ce n'est pas un reproche, mon chéri, — tu ne sauras jamais combien de fois, au moment de céder à une sollici-
tation délicieuse, peut-être criminelle, j'ai senti
ta main sur mon épaule, et tu me ramenais doucement. »

Raymond gronda : « Quelle folie c'était que
de croire qu'il existât des plaisirs défendus! »

« Ah! nous ne sommes pas de la même espèce : moi, j'aurais eu vite fait de bousculer ma
nichée.

— Crois-tu que je n'aie pas fait souffrir ta
mère, moi aussi? Nous ne sommes pas si diffé-
rents; ma nichée, que de fois l'ai-je bousculée

en esprit!... Tu ne sais pas... Ne proteste pas :
quelques infidélités eussent peut-être mieux
valu pour son bonheur que cette trahison de
désir dont je me suis rendu coupable pendant
trente ans. Il faut que tu le saches, Raymond;
tu aurais de la peine à être un plus mauvais
mari que je ne fus... Oui! Oui! J'ai rêvé mes
débauches, moi... cela vaut-il mieux que de les
vivre? Et vois comme ta mère se venge aujour-
d'hui; par un excès de soin : rien ne m'est plus
nécessaire que son importunité; elle se donne
un mal... nuit et jour elle me couve : ah! ma
mort sera douce! On n'est plus servi, tu sais :
les domestiques d'aujourd'hui, comme elle dit,
ne ressemblent pas à ceux d'autrefois; nous
n'avons pas remplacé Julie : tu te souviens de
Julie? Elle s'est retirée dans son pays. Hé bien,
ta mère supplée à tout; je dois souvent la gronder : elle n'hésite pas à balayer elle-même; elle
frotte les parquets... »

Il s'interrompit, et, soudain suppliant :

« Ne reste pas seul. »

Raymond n'eut pas le loisir de répondre : le
taxi s'arrêtait devant le Grand-Hôtel; il fallut
descendre, chercher la monnaie. Le docteur
n'avait que le temps de préparer son bagage.

*

Cette heure des balayeurs et des maraîchers
était familière à Raymond Courrèges; il respira
profondément, accueillit, reconnut les sensations
accordées à ses retours dans l'aube : joie de l'animal éreinté, repu, qui ne souhaite que la ta-
nière, le sommeil, qui va s'enfoncer en eux.
Bonheur que son père ait voulu se séparer de
lui sous le porche du Grand-Hôtel. Qu'il avait
vieilli! Quelle diminution! Jamais trop de kilo-
mètres entre la famille et nous, se dit-il, jamais
nos proches ne seront assez lointains. Il avait
conscience de ne pas penser à Maria, se souvint
d'avoir beaucoup à faire ce jour-là, prit un car-
net, chercha la page, fut stupéfait de ce que sa
journée semblait s'être élargie, — ou fallait-il
croire que ce dont il avait prétendu la remplir
s'était réduit? Le matin? un désert; l'après-midi?
ces deux rendez-vous? il n'irait pas. Il se penchait sur cette journée comme un enfant sur
un puits : rien à y jeter que quelques cailloux;
comment combler ce trou? Cela seul eût été à la
mesure de ce vide : sonner à la porte de Maria,
être annoncé, être reçu, s'asseoir dans la pièce
où elle serait assise, lui adresser n'importe quels
propos; moins que cela même eût suffi à occuper

ces heures vacantes et beaucoup d'autres encore : avoir pris rendez-vous avec Maria — fût-ce
pour une date éloignée avec quelle patience de
chasseur à l'affût; aurait-il abattu les jours qui
l'auraient séparé de ce jour! Même eût-elle remis le rendez-vous, Raymond s'en serait consolé
pourvu qu'elle en eût proposé un autre, et ce
nouvel espoir eût été à la mesure du vide infini
de sa vie. Sa vie n'est plus qu'une absence qu'il
faut balancer par une attente. « Raisonnons, se
dit-il; commençons par le possible : renouer
avec Bertrand Larousselle, entrer dans la vie de
Bertrand? Pas un goût commun, pas une rela-
tion commune; où le rencontrer, dans quelle
sacristie, ce sacristain? » Raymond brûle alors
en esprit toutes les étapes entre lui et Maria :
l'abîme franchi, il tient cette tête mystérieuse
dans son bras droit replié, il sent sur son biceps
la nuque rasée pareille à une joue de garçon;
et cette figure vient à sa rencontre, se rapproche,
grossit, aussi vaine, hélas! que sur l'écran du
cinéma... Raymond s'étonne de ce que les premiers passants ne se retournent pas, ne s'aper-
çoivent pas de sa folie. Il s'abat sur un banc,
face à la Madeleine. Le malheur est de l'avoir
revue; il n'aurait pas fallu la revoir : toutes ses
passions, depuis dix-sept ans, avaient été à son
insu allumées contre Maria — comme les pay-

sans des Landes allument le contre-feu... Mais il l'avait revue, et le feu demeurait le plus fort, se fortifiait des flammes par quoi on avait prétendu le combattre. Ses manies sensuelles, ses habitudes, cette science dans la débauche, patiemment acquise et cultivée, devenait complice de l'incendie qui maintenant ronflait, s'avançait sur un front immense, en crépitant.

« Mets-toi en boule, se répète-t-il, ça ne durera pas; en attendant que ce soit fini, drogue-toi; fais la planche. » Son père, lui, aura souffert pourtant jusqu'à la mort; mais aussi, quelle vie! Le tout est de savoir si la débauche l'eût délivré de sa passion; tout sert la passion : le jeûne l'exaspère, l'assouvissement la fortifie; notre vertu la tient éveillée, l'irrite, elle nous terrifie, nous fascine; mais si nous cédons, notre lâcheté ne sera jamais à la mesure de son exigence... Ah! forcenée! Il aurait fallu demander à son père comment il a vécu avec ce cancer. Qu'y a-t-il au fond d'une vie vertueuse? Quelles échappatoires? Que peut Dieu?

A sa gauche, Raymond s'efforçait de surprendre le mouvement de la grande aiguille sur le cadran de l'horloge pneumatique; il songea que son père avait dû déjà quitter l'hôtel. Le désir lui vint d'embrasser une fois encore le vieillard : simple désir de fils; mais entre eux se

noue un autre lien du sang, plus secret : ils sont
parents par Maria Cross. Raymond descendit en
hâte vers la Seine, bien qu'il y eût du temps
encore avant le départ du train; peut-être
cédait-il à cette folie qui oblige de courir ceux
dont les vêtements sont en feu. Intolérable certitude qu'il ne posséderait jamais Maria Cross
et mourrait sans l'avoir possédée. Ce qu'il avait
eu ne comptait pas; rien n'avait de prix que ce
qu'il n'aurait jamais.

Cette Maria! Il fut stupéfait de ce qu'un être,
sans le vouloir, puisse peser d'un tel poids dans
le destin d'un autre être. Il n'avait jamais songé
à ces vertus qui sortent de nous, travaillent souvent à notre insu et à de grandes distances, d'autres cœurs. Au long de ce trottoir, entre les Tui-
leries et la Seine, la douleur pour la première
fois l'obligeait d'arrêter sa pensée sur ces choses
à quoi il n'avait jamais réfléchi. Sans doute,
parce qu'au seuil de ce jour il se sent démuni
d'ambitions, de projets, de jeux, rien ne le détourne de sa vie révolue; n'ayant plus d'avenir,
soudain tout son passé fourmille : que de créatures à qui son approche fut fatale! Encore ne
sait-il pas combien d'existences il a orientées, il
a désorientées; il ignore qu'à cause de lui, telle
femme a tué un germe dans son sein, qu'une
jeune fille est morte, que ce camarade est entré

au séminaire, qu'indéfiniment chacun de ces drames en a suscité d'autres. Au bord de ce vide atroce qu'est ce jour sans Maria, et que suivront tant d'autres jours sans elle, il découvre à la fois cette dépendance et cette solitude : la plus étroite communion lui est imposée avec une femme qu'il est pourtant assuré de ne jamais atteindre; il suffisait qu'elle vît la lumière, pour que Raymond demeurât dans les ténèbres : jusqu'à quand? Et s'il en veut sortir coûte que coûte, s'il veut échapper à cette gravitation, quels autres défilés s'ouvrent à lui que ceux de la stupeur et du sommeil?... à moins que, dans son ciel, cet astre soudain s'éteigne, comme tout amour s'éteint. Mais Raymond porte en lui une passion forcenée, héritée de son père — passion toute-puissante, capable d'enfanter jusqu'à la mort d'autres mondes vivants, d'autres Maria Cross dont il deviendra tour à tour le satellite misérable... Il faudrait qu'avant la mort du père et du fils, se révèle à eux enfin Celui qui à leur insu appelle, attire, du plus profond de leur être, cette marée brûlante.

Il passa la Seine déserte, regarda l'horloge de la gare : son père devait être dans le train, déjà. Raymond descendit sur le quai de départ, longea le convoi, n'eut pas à chercher longtemps : derrière une vitre, se détachait cette figure

morte; les paupières étaient closes, les mains
jointes sur un journal déplié, la tête un peu
renversée, la bouche entrouverte. Raymond
toqua du doigt; le cadavre ouvrit les yeux, reconnut celui qui avait frappé, sourit, et, trébu-
chant, s'avança à sa rencontre dans le couloir.
Mais tout son bonheur fut empoisonné par la
crainte puérile que le train partît sans que Raymond ait eu le temps de descendre .

« Maintenant que je t'ai vu, que je sais que
tu as voulu me revoir, va-t'en, mon chéri ; on
ferme les portières. »

En vain le jeune homme lui assurait que cinq
minutes restaient encore et qu'en tout cas le
train s'arrêtait à la gare d'Austerlitz : le vieillard ne redevint tranquille que lorsque son fils
fut de nouveau sur le quai; alors, ayant baissé la
glace, il l'enveloppa d'un regard plein d'amour.

Raymond s'informait si rien ne manquait au
voyageur : voulait-il un autre journal, un livre?
Avait-il retenu sa place au wagon-restaurant? Le
docteur répondait : « Oui... oui... » dévorait des
yeux ce garçon, cet homme si différent de lui, si
pareil à lui — cette part de son être qui lui sur-
vivrait un peu de temps et qu'il ne devait jamais
revoir.

ŒUVRES DE FRANÇOIS MAURIAC

Parus aux Éditions Bernard Grasset :
ROMANS
L'Enfant chargé de Chaînes. — La Robe prétexte. — Le Baiser au Lépreux. — Le Fleuve de Feu. — Génitrix. — Le Désert de l'Amour. — Thérèse Desqueyroux. — Destins. — Trois Récits (nouvelles). — Ce qui était perdu. — Le Nœud de Vipères. — Le Mystère Frontenac. — Les Anges noirs. — Plongées. — La Fin de la nuit. — Les Chemins de la Mer. — La Pharisienne. — Le Mal.
THÉÂTRE
Asmodée (pièce en cinq actes). — Les mal aimés (pièce en trois actes). — Le Feu sur la terre (pièce en 4 actes).
ESSAIS ET CRITIQUES
La Vie et la Mort d'un Poète. — Souffrances et Bonheur du Chrétien. — Commencement d'une Vie. — Les Maisons fugitives. — Discours de Réception à l'Académie française. — Journal, tomes I, II et III. — Le Baillon dénoué. — De Gaulle. — Dieu et Mammon. — Ce que je crois.
POÈMES
Le Sang d'Atys. — Orages.

Chez d'autres éditeurs :
ROMANS
Le Sagouin. — La Chair et le Sang. — Préséance. — Galigaï. — L'Agneau.
THÉÂTRE
Passage du Malin.
POÈMES
Les Mains jointes, épuisé. — L'Adieu à l'Adolescence, épuisé. —
ESSAIS ET CRITIQUES
Le Jeune Homme. — La Province. — Petits Essais de Psychologie religieuse. — Vie de Racine. — Blaise Pascal et sa sœur Jacqueline. — Bordeaux. — Pèlerins de Lourdes. — Jeudi Saint. — Vie de Jésus. — Sainte Marguerite de Cortone. — Journal, tome IV. — Le Cahier noir. — La Rencontre avec Barrès. — Du côté de chez Proust. — Journal, édition en un volume. — Réponse à Paul Claudel à l'Académie française. — Mes Grands Hommes. — Supplément au Traité de la Concupiscence. — Journal d'un homme de trente ans (extraits). — Le Roman. — René Bazin. — Le Drôle. — Le Romancier et ses personnages. — La Pierre d'achoppement. — Mémoires intérieurs. — Nouveaux Mémoires intérieurs.

IMPRIMÉ EN FRANCE PAR BRODARD ET TAUPIN
7, bd Romain-Rolland - Montrouge - Usine de La Flèche.
LIBRAIRIE GÉNÉRALE FRANÇAISE.
ISBN : 2 - 253 - 01234 - 3

Le Livre de Poche classique

Des textes intégraux.
Des éditions fidèles et sûres.
Des commentaires établis par les meilleurs spécialistes.

Pour le grand public. La lecture des grandes œuvres rendue facile grâce à des commentaires et à des notes.

Pour l'étudiant. Des livres de référence d'une conception attrayante et d'un prix accessible.

Le Livre de Poche historique

Histoire ☆ Biographies
Documents ☆ Témoignages

Lecœur (Auguste).
Le P.C.F., continuité dans le changement, de M. Thorez à G. Marchais, 5238/8***.

Mabire (Jean).
La Division Charlemagne, 4824/6****.
Mourir à Berlin, 4928/5****.
Les Jeunes fauves du Führer, 5083/8****.
L'Eté rouge de Pékin, 5365/9*****.

Mabire (Jean) et Bréhèret (Jean).
CORPS D'ELITE :
Les Samourai, 3983/1****.

Mabire (Jean) et Demaret (Pierre).
La Brigade Frankreich, 4778/4****.

Madariaga (Salvador de).
Christophe Colomb, 2451/0***.

Markale (Jean).
Histoire secrète de la Bretagne, 5265/1***.

Massu (Suzanne).
Quand j'étais Rochambelle, 3935/1**.

Mendès France (Pierre).
Choisir, 4872/5****.

Monnet (Jean).
Mémoires, t. 1, 5182/8**** ; t. 2, 5183/6****.

Murray Kendall (Paul).
Louis XI, 5034/1*****.

Newcomb (R. F.).
800 hommes à la mer, 3356/0**.

Noguères (Henri).
Munich ou la drôle de paix, 4879/0*****.

Noli (Jean).
Les Loups de l'Amiral, 3333/9***.
Le Choix, 3900/5****.

Ollivier (Albert).
Saint-Just ou la Force des choses, 2021/1***.

Orcival (François d').
CORPS D'ELITE :
Les Marines, 3978/1****.

Orieux (Jean).
Voltaire, 5377/4 E.

Perrault (Gilles).
L'Orchestre Rouge, 3158/0*****.

Peyrefitte (Alain).
Quand la Chine s'éveillera... le monde tremblera, t. 1, 4247/0*** ; t. 2, 4248/8***.

Décentraliser les responsabilités, 5200/8**.
Le Mal français, t. 1, 5212/3**** ; t. 2, 5213/1****.

Piekalkiewicz (Janusz).
Les Services secrets d'Israël, 5203/2***.

Poniatowski (Michel).
Cartes sur table, 4227/2***.
L'Avenir n'est écrit nulle part, 5329/5*****.

Pottecher (Frédéric).
A voix haute, 5304/8****.

Revel (Jean-François).
La Tentation totalitaire, 4870/9****.
HISTOIRE DE LA PHILOSOPHIE OCCIDENTALE :
t. 1 : *Penseurs grecs et latins,* 4254/6****.
t. 2 : *La Philosophie classique,* 4255/3****.

Rieupeyrout (J.-L.).
Histoire du Far-West, 4048/2****.

Roy (Jules).
LES CHEVAUX DU SOLEIL :
1. *Chronique d'Alger,* 4171/2****.
2. *Une Femme au nom d'étoile,* 4724/8****.
3. *Les Cerises d'Icherridène,* 5038/2***.

Ryan (Cornelius).
Le Jour le plus long, 1074/1****.

Saint-Paulien.
LES MAUDITS :
1. *La Bataille de Berlin,* 3572/2**.
2. *Le Rameau vert,* 3573/0**.

Saint Pierre (Michel de).
Bernadette et Lourdes, 1821/5*.
LE DRAME DES ROMANOV :
La Menace, 3124/2**.
La Chute, 3125/9**.

Schell (Orville).
Les Chinois, 5349/3***.

Schelle (Klaus).
Charles le Téméraire, 5409/5****.

Schuré (Edouard).
Les Grands Initiés, 1613/6****.

Séguy (Georges).
Lutter, 4819/6***.

Sergent (Pierre).
Je ne regrette rien, 3875/9****.

Servan-Schreiber (Jean-Jacques).
Le Manifeste radical, 2892/5**.

Le Livre de Poche illustré